SUPERNERD
A SAGA DANTESCA

SUPERNERD
A SAGA DANTESCA

LAURA BERGALLO

DCL
DIFUSÃO
CULTURAL
DO LIVRO

EDITORA EXECUTIVA: Otacília de Freitas
EDITORAS: Daniela Padilha
Pétula Lemos
ASSISTÊNCIA EDITORIAL: Kennia Di Andrino
PREPARAÇÃO DE TEXTO: Carmen Costa
REVISÃO DE PROVAS: Valeria B. Sanalios
Patrícia Vilar
DIAGRAMAÇÃO: Rs² Comunicação
ILUSTRAÇÃO DE CAPA: Maurício Paraguaçu e Dave Santana

Texto em conformidade com as novas regras ortográficas do Acordo da Língua Portuguesa

Dados Internacionais de Catalogação na Publicação (CIP)
(Câmara Brasileira do Livro, SP, Brasil)

Bergallo, Laura
Supernerd – a saga dantesca / Laura Bergallo –
São Paulo : DCL, 2009.

ISBN 978-85-368-0759-1

1. Ficção – Literatura infantojuvenil I. Título.

09-10044 CDD – 028.5

Índices para catálogo sistemático:
1. Ficção : Literatura juvenil 028.5

1ª edição • novembro • 2009

Editora DCL – Difusão Cultural do Livro Ltda.
Rua Manoel Pinto de Carvalho, 80 – Bairro do Limão
CEP 02712-120 – São Paulo – SP
Tel.: (0xx11) 3932-5222
www.editoradcl.com.br
dcl@editoradcl.com.br

Sumário

Em crer o que eu contar se fores lento
Não há de ser, leitor, para estranhado;
Quase o que eu vi descrê meu pensamento.

Dante Alighieri
(*A Divina Comédia – Inferno*, Canto XXV)

O universo é uma harmonia de contrários.

Pitágoras

I. A GRANDE FINAL

(EMBORA ISTO SEJA APENAS O COMEÇO DA HISTÓRIA)

Uma freada brusca, o carro invadindo o canteiro e uma nuvem de areia subindo. O coração de Bruno está quase saindo pela boca, porque desta vez a derrapagem parece mesmo incontrolável.

Mas tudo se resolve muito rápido: ele consegue dar uma guinada no último segundo e o carro volta subitamente para a pista, pronto para enfrentar a próxima curva.

— Vaaaiii... — geme ele, aflito toda vida, soltando um palavrão impublicável.

E o carro parece que não responde. Mesmo com aceleração máxima, não diminui a distância do carro da frente, que voa baixo e decidido em direção à vitória. Bruno não consegue engolir aquilo. Perder de novo, logo assim no final, e justo pra aquele cara... ah, isso é que não!

Mas não tem jeito. Poucos segundos depois o carro preto cruza a linha de chegada, deixando o carro verde de Bruno comendo a poeira da estrada.

Uma raiva enorme toma o lugar da adrenalina. Bruno levanta de um salto, arranca os fones do ouvido feito louco e começa a socar o monitor, totalmente descontrolado.

— Pare com isso! — grita o funcionário da *lan house*[1], tentando segurar o garoto.

Outros vêm ajudar, mas chegam tarde demais. Bruno já estilhaçou a tela do monitor e continua a distribuir pontapés para todos os lados, tentando quebrar o resto.

---

[1] *Lan house* é um estabelecimento comercial onde, à semelhança de um cibercafé, as pessoas podem pagar para utilizar um computador com acesso à internet e a uma rede local, com o principal fim de jogar em rede.

Nem ele está se reconhecendo. Está certo que perder aquela corrida não estava nem um pouco nos seus planos. Afinal, era a decisão de um campeonato que ele vinha disputando havia semanas, e que estava convencido de que iria ganhar. Tinha treinado tanto, se preparado tanto, para terminar assim, em segundo lugar?

Mas dar um ataque daqueles... definitivamente, isso não era normal.

Bruno até podia ser meio nervosinho, mas ninguém que o conhecia poderia imaginar uma cena assim, ele quebrando tudo e tendo que ser contido pelos quatro "armários" que fazem a segurança da *lan house*.

° ° °

E só quem ficar sabendo de tudo o que tinha acontecido naquele dia, um pouco antes dessa cena lamentável, vai poder entender melhor a razão de tanta raiva.

Claro, perder o jogo, por si só, já seria um bom motivo para ele ficar bastante estressado. Afinal, apostar corridas *on line* sempre foi seu passatempo preferido, e ultimamente andava perdendo bem mais do que ganhando. Começava até a duvidar do funcionamento de seus reflexos e dos seus cinco sentidos, já que o máximo que acabava conseguindo ganhar era um "medíocre vice-campeonato", nas próprias palavras dele.

Mas nada disso era motivo para tanto.

O verdadeiro motivo — que o próprio Bruno nem percebia direito — havia sido uma coisinha que já tinha até virado rotina. Na verdade, a culpa de tudo era de um outro jogo: o jogo de empurra entre seu pai e sua mãe, cada um mais preocupado com a própria vida, o(a) namorado(a), interesses pessoais e viagens, tratando o único filho como uma pedra no sapato.

— Mãe? — ele ligou do celular, quando chegou da escola naquela sexta-feira e ninguém atendeu a campainha da porta.

— Fale, Bruno! — respondeu ela, meio impaciente. — Que é que seu pai aprontou desta vez?

— Não estou com meu pai. Este é o *seu* fim de semana. E estou sem poder entrar em casa.

A mãe protestou:

— Claro que não é o *meu* fim de semana! Fiquei com você na semana passada — fez uma pausa nervosa. — Além do mais, eu e o Armando já estamos na estrada. Vamos para uma pousada na praia, que estamos precisando relaxar um pouco.

— Esqueceu que trocou com o pai por causa da Semana Santa? Vou ficar com ele o feriado inteiro, então este fim de semana é seu.

A mulher ficou muda do outro lado. Estava na cara que tinha esquecido da troca. Bruno teve que insistir:

— Lembra disso, mãe?

— Bom, realmente, eu nem lembrei desse detalhe — admitiu, visivelmente sem graça. — Mas agora é tarde. Não deixei a chave de casa com o porteiro, e não posso voltar daqui. Ligue pro seu pai e diga que então eu fico com você na Semana Santa, em troca deste fim de semana... né? — Ela parecia bem contrariada. — Agora vou ter que desligar, porque estou quase sem bateria.

Bruno ficou chateado. Pior que isso: ficou superpreocupado. Porque estava, realmente, numa situação complicada. Dentro de pouco mais de meia hora teria que se conectar para disputar *on line* a final do campeonato de corrida e estava trancado do lado de fora!

Bom, lembrou, o pai tinha computador em casa. Tentou se animar com essa ideia e rapidinho digitou o telefone fixo da casa dele. Mas atendeu a secretária eletrônica. Isso queria dizer (é óbvio!) que nem ele nem a Lúcia (a nova — e bota nova nisso! — mulher de seu pai) estavam em casa. Eles só ligavam a secretária quando saíam e iam demorar.

O que fazer num caso desses? Já um tanto desesperado, ligou pro celular do pai. Fora de área! Tentou o celular da Lúcia: também fora de área.

Só sabia de uma coisa: precisava achar rapidinho um computador, senão ia perder a grande final do campeonato de corrida. E logo agora, que ia disputar com um carinha pra lá de arrogante, e que estava finalmente tão perto de ganhar!

Foi quando lembrou da *lan house* que ficava a poucas quadras dali. Com as mãos suando de nervoso, revirou a mochila e descobriu, aliviado, que tinha dinheiro suficiente para pagar um tempo razoável de internet.

Então, tratou de espantar da cabeça a casa trancada e a raiva de saber que a mãe e o pai disputavam para ver quem não ficava com ele. Procurou ignorar aquela sensação esquisita de estar sozinho no mundo e saiu quase correndo pela rua, tentando concentrar o pensamento na grande finalíssima que iria agora enfrentar.

II. Procura-se um *nerd*

— Só sai daqui se pagar todo o prejuízo — bufa o gerente da *lan house*, sem autorizar que os brutamontes soltem o garoto. — E se não tiver dinheiro, vai se entender com a polícia!

Bruno sente um gosto salgado de sangue na boca. Percebe que, na confusão, o aparelho de dentes feriu sua bochecha por dentro.

E não é só isso: seus óculos estão com as hastes quebradas, seu cabelo está todo desgrenhado, o uniforme da escola, rasgado, e ele está se sentindo um verdadeiro lixo.

Então se lembra das coisas horríveis que sempre ouviu falar a respeito dessas instituições para onde são mandados os meninos infratores e já se imagina lá dentro, cercado por um bando de moleques, sem a mínima chance de defesa.

É claro que não tem dinheiro para pagar os prejuízos e sabe muito bem que vai ser difícil, a essa altura do campeonato, encontrar qualquer um dos pais para pedir socorro. Sente que está mesmo perdido.

— Isto resolve o problema? — De repente ouve uma voz grave se dirigindo ao gerente e levanta os olhos o pouco que pode (já que está imobilizado no chão) para espiar quem é.

E não consegue entender a cena. Um homem de meia-idade, que ele nunca viu mais gordo, estende um cheque para o gerente da *lan house*.

— O senhor é o pai dele? — pergunta o funcionário.

— Não é problema seu — responde o sujeito, secamente, e insiste: — Isto paga o prejuízo?

O gerente examina o cheque:

— Acho que sim.

— Então mande soltar o garoto.

ooo

— O que aconteceu para você ficar tão nervoso?

Os dois — Bruno e o cara que pagou os estragos da *lan house* — estão agora sentados numa lanchonete, onde o sujeito tenta examinar os machucados do garoto.

— Deixe ver — diz ele, ao notar que Bruno se afasta, desconfiado. — Eu sou médico.

— Pode deixar, não foi nada. E não sei o que deu em mim para fazer aquilo. Fiquei irritado porque perdi um jogo, foi isso. Como vou poder lhe pagar?

Bruno, normalmente, é muito calado. Mas está ao mesmo tempo tão confuso com o que fez e tão aliviado por ter sido salvo, que começa a conversar com aquele estranho como se o conhecesse há muito tempo.

— Isso a gente vê depois — tranquiliza o homem. — Eu sou o doutor Nereu. E você, como se chama?

— Bruno. Mas por que me ajudou?

— Porque eu estou procurando alguém exatamente como você. Quero dizer, estou procurando uma espécie de... estagiário, para umas pesquisas em que estou trabalhando — dizendo isso, entrega ao garoto um cartãozinho onde se lê:

Prof. dr. Nereu Stanislav

Tech Medical Research Corporation

Representante Regional para a América Latina

Abaixo dessas um tanto enigmáticas palavras, apenas um número de celular.

Bruno olha para ele com um ponto de interrogação estampado na testa. Agora é que não está entendendo nada mesmo. O que pode um pesquisador ligado a uma empresa estrangeira querer com ele, um garoto comum de apenas 15 anos?

O dr. Nereu continua:

— A multinacional para a qual trabalho está desenvolvendo uma pesquisa importantíssima sobre novas tecnologias capazes de expandir os sentidos e as capacidades do corpo humano. E essas tecnologias superavançadas estão sendo testadas secretamente, em apenas alguns países do mundo.

O sujeito dá uma olhada em volta, parecendo querer ter certeza de que ninguém mais está ouvindo a conversa.

— O Brasil é um desses privilegiados — continua ele, empolgado. — Na verdade, os testes estão sendo feitos apenas aqui, na Índia, na Etiópia e na Indonésia. Temos a sorte de ser um dos países escolhidos.

Mesmo não entendendo muito de política internacional, Bruno fica se perguntando se aquela escolha poderia realmente ser considerada um privilégio. Mas está bem curioso para saber o resto.

— Bom — prossegue o dr. Nereu, muito sério. — Preciso de alguém que seja fanático por jogos eletrônicos, que tenha muita familiaridade com computadores, paixão por internet, enfim, procuro um n...

Um certo constrangimento interrompe a fala do cara.

— Você quer dizer um *nerd*[1] — emenda Bruno. — Pode falar, não me importo de ser chamado assim. Na verdade, já estou acostumado.

— Bom, é isso mesmo — devolve o médico, com um risinho amarelo. — Um *nerd*, mas no bom sentido, é claro.

— E o que quer que esse *nerd* faça?

— Podemos pagar muito bem — diz o cara, como se não tivesse ouvido a pergunta.

— Para fazer o quê? — insiste o garoto.

O dr. Nereu hesita por uns instantes, como quem procura a melhor forma de explicar uma coisa assim meio inexplicável. Mas finalmente se decide:

— Vou resumir o assunto, para ver se você se interessa. Se você se interessar, vamos ao meu laboratório para eu poder expor os detalhes.

---

[1] Um *nerd* é uma pessoa fascinada por tecnologia, apaixonada por computadores e jogos eletrônicos, e que geralmente enfrenta dificuldades de integração social.

III. Pegar ou largar

— Bom — começa o cara, saboreando a evidente curiosidade de Bruno —, a empresa está desenvolvendo alguns *chips*[1] para serem adaptados ao corpo humano.

---

[1] *Chip* é uma placa minúscula de material semicondutor sobre a qual se confeccionam componentes eletrônicos, permitindo a inclusão de circuitos digitais ou analógicos muito complexos, que podem desempenhar variadas e sofisticadas funções.

Novamente olha em volta, com uma expressão um pouco apreensiva e prossegue, meio sussurrante:

— Esses *chips* vão possibilitar à pessoa que os estiver usando uma... digamos... expansão de seus sentidos e sua destreza.

— Isso você já disse — lembra Bruno, sem esconder a impaciência. — Será que não dá para explicar melhor?

— Para ser bem claro: a pessoa vai passar a ter uma superaudição e uma supervisão, além de experimentar, também, um expressivo aperfeiçoamento de sua coordenação motora e de todos os seus reflexos.

O garoto fica pasmo. Ao que o dr. Nereu completa, todo orgulhoso:

— Resumindo, trata-se de uma coisa que antes só existia em sonhos de ficção científica, e que hoje passa a ser realidade: vamos criar o homem biônico!

— E daí? — quer saber Bruno, procurando fingir desinteresse, mas sem conseguir disfarçar o entusiasmo.

— É para isso que precisamos do *nerd*. Para testar de forma abrangente toda essa tecnologia. É claro, pagando um bom dinheiro por isso.

Aquela ideia maluca começa a conquistar o garoto, já tão cansado de ser vice. Realmente, se ele puder ser a cobaia daquela experiência, também se tornará um jogador invencível. Com certeza venceria — até mesmo jogando com aquele arrogante do carro preto — não apenas todas as corridas, mas todos os jogos eletrônicos que viesse a disputar. Caraca, ia ser demais!

— E então, você aceita ou não aceita? — pergunta o médico de repente, interrompendo esses pensamentos.

◦ ◦ ◦

Bruno tem que decidir rápido, porque é caso de pegar ou largar.

Conforme explica o dr. Nereu, ele terá que passar uma temporada no tal laboratório, que fica num local isolado na serra, distante de tudo e de todos, no meio da mata fechada.

Lá, num ambiente equipado com ultrassofisticados aparelhos de informática, o médico vai "adaptar" os tais *chips* no corpo do garoto, e eles vão testar, através de diferentes tipos de jogos e desafios, a eficiência desses *chips*.

Tudo parece simples, perfeito e seguro, e Bruno quer muito acreditar que é.

Driblar os pais não vai ser muito difícil: é só mandar mensagens para o celular de cada um avisando que vai passar uns dias na casa do outro. Como eles não se falam mesmo, e nem parecem ligar para a ausência do filho, basta dar uma ligadinha rápida, ou mesmo mandar uns torpedos de vez em quando para dar sinal de vida, que (com um pouco de sorte) nenhum dos dois vai telefonar para o outro à procura dele.

Então, Bruno começa a colocar todo esse plano em prática, pensando que às vezes até pode ser bem vantajoso ter pais separados, brigados um com o outro, e que — ainda por cima — ficam bem satisfeitos quando o filho vai morar por uns tempos na casa do ex.

E agora lá estão os dois, o médico e o *nerd*, subindo a serra juntos a bordo de uma perua importada.

Passam o tempo todo calados, o primeiro concentrado em dirigir e o segundo parecendo que observa a paisagem, mas ambos indisfarçavelmente ansiosos com tudo o que vem por aí.

De repente, já no meio da subida asfaltada, o dr. Nereu desvia para uma estradinha de terra e começa um caminho que parece não ter mais fim. Quanto mais o carro percorre a estrada tosca, mais ela se torna estreita e sinuosa, e mais eles se embrenham profundamente na floresta. Algumas nuvens cinzentas começam a juntar-se no céu.

— Falta pouco — tranquiliza o médico, ao notar que o garoto parece agitado. — Já estamos rodando há três horas, mas estamos quase chegando.

Praticamente só se ouve o barulho do motor do carro. A tarde vai caindo devagar e faz a mata parecer um tanto misteriosa. Pássaros e pequenos animais começam a se recolher a seus ninhos e tocas, um vento frio assobia entre as árvores, e ao longe se pode agora perceber o barulho inconfundível de uma cachoeira.

Bruno não quer admitir, mas começa aos poucos a sentir um tremendo frio na barriga. Experimenta uma sensação estranha, uma espécie de intuição, como se de repente desconfiasse de que pode estar fazendo uma grande besteira.

Através do vidro fechado do carro, vê a vegetação cada vez mais densa e percebe que um rio caudaloso acompanha a estrada de terra por alguns trechos do percurso cheio de curvas.

O súbito *flash* de um raio, seguido por um estrondoso trovão, provoca nele um arrepio na espinha. Com a mão direita, aperta o celular dentro do bolso da calça, como para ter certeza de que não está totalmente isolado do resto do mundo.

"Posso estar entrando numa roubada", pensa ele, de uma hora para a outra se dando conta de que ninguém mais, no planeta inteiro, sabe que ele está ali. Então começa a ter sérias preocupações: "E se esse cara for maluco? E se for um sequestrador? Não sei nada sobre ele, a não ser o que ele mesmo me contou! Como pude ser tão otário?".

Mas não tem mais tempo para continuar se torturando.

O barulho da cachoeira vai ficando cada vez mais forte, e do meio da mata fechada surge repentinamente uma clareira, onde o médico finalmente para o carro.

Grossos pingos de chuva começam a molhar o para-brisa e a enlamear o chão lá fora.

Bruno então olha em volta e fica besta com o que está vendo.

Ao longe está uma imensa e imponente cachoeira, de mais de dez metros de altura e cercada por uma densa floresta, que despenca num lago cristalino, cujas águas continuam rio abaixo correndo sobre rochas muito lisas.

Um pouco à frente desse lago represado há uma casa antiga, bem grande e muito bem conservada, que parece deslocada no tempo. Bruno nota, ainda de dentro do carro, que as muitas janelas azuis estão todas fechadas, e que não parece haver mais ninguém por ali, a não ser os dois recém-chegados.

— Você fica aqui, que eu já volto — determina o dr. Nereu, usando um tom estranhamente autoritário, bem diferente de antes. — E não saia do carro até lá.

IV. Um lugar muito esquisito

Bruno observa o sujeito se afastando debaixo da chuva e pela primeira vez repara de verdade na aparência dele. É um cara mais para baixo que para alto, meio careca e bastante barrigudo, que anda a passos rápidos demais para o tamanho das próprias pernas.

Ele então entra na casa pela grande porta principal e desaparece lá dentro, enquanto o garoto, sem se atrever a desobedecer à ordem de não sair do carro, começa a examinar melhor o cenário em volta.

De novo avista a cachoeira em queda livre, repara meio preocupado no isolamento do lugar, observa a floresta espessa que rodeia tudo, e... acaba percebendo que não está sozinho. Na verdade, no começo não vê ninguém, mas sente que há alguém ou alguma coisa (um bicho, talvez) rondando por perto.

Instantes depois, movimentos furtivos na mata chamam sua atenção. E só então ele nota uma silhueta escura, semioculta pela vegetação molhada, que parece observá-lo em silêncio. Vai abrir a porta do carro para sair e ver melhor, mas é interrompido pela volta repentina do dr. Nereu.

— Eu disse para não saltar do carro — repreende o médico, se aproximando com um guarda-chuva aberto. — Bom, agora não importa mais. Vamos entrando logo, vamos.

Bruno acompanha os passinhos ligeiros do cara, que segue em direção aos fundos da casa, ambos com os pés chapinhando na lama. A porta principal permanece fechada, e eles passam direto por ela, contornando o prédio até alcançar a parte de trás.

É lá então que o garoto, entre curioso e meio assustado, vê o sujeito afastar um tufo de vegetação que cresce junto à parede externa, expondo um inesperado painel eletrônico que está camuflado atrás dele, digitar um código fora de seu campo de visão e, finalmente, abrir a tampa de uma espécie de alçapão, revelando uma comprida escada de concreto que leva ao subsolo.

A chuva engrossa ainda mais e começa a molhar os degraus.

— É aqui — diz o médico. — Vamos descer logo.

— É aqui o quê? — protesta Bruno. — Não vou entrar aí, não.

— Mas é aqui que trabalho. Não seja medroso, é apenas o meu laboratório.

E toma a frente do garoto, descendo a longa escada rapidamente. Bruno ainda hesita um pouco; olha para trás por uns instantes e tem a nítida sensação de estar sendo observado por uma sombra encoberta pelo mato.

Mas acaba descendo atrás do médico, até por falta de opção melhor.

— Eu sabia que você ia gostar! — ri o dr. Nereu, diante do espanto de Bruno.

O garoto está de boca aberta. Quem poderia imaginar, mesmo nos sonhos mais bizarros, uma coisa incrível daquelas? Num buraco no chão atrás de uma velha casa, perdido no meio da floresta de uma montanha do Brasil, um laboratório de Primeiro Mundo!

Equipamentos de informática de última geração, reluzindo de tão novos, e até um pequeno centro cirúrgico transformam aquele estranho porão num cenário de ficção científica.

— Tudo vindo diretamente do estrangeiro, que aqui não tem nada tão avançado assim — gaba-se o médico.

E não contém uma risada esperta:

— Trazido por baixo dos panos, é claro... senão ia ser uma fortuna em impostos!

Então, continua falando orgulhoso sobre as muitas máquinas e explicando seu funcionamento, enquanto Bruno, impressionado, escuta com a maior atenção.

Mas a explicação é subitamente interrompida pelo barulho discreto de uma porta que se abre.

— Boa tarrde, doutorr Nerreu. Querro dizerr, boa noite, já.

Uma surpresa atrás da outra.

Bruno olha na direção da voz grave que acaba de ouvir e vê uma mulher grandona, de cara muito vermelha e óculos de lentes bem grossas, enfiada num guarda-pó branco impecável. Ela acaba de surgir por uma porta que ele não tinha percebido que existia, do lado oposto à entrada do alçapão.

— Ah, sim, deixe eu apresentar vocês — diz o médico, num tom casual, como quem está apresentando duas pessoas que se encontram numa festa. — *Fraülein*[1] Frida, este é Bruno, nossa co..., quero dizer, nosso estagiário. Bruno, esta é *fraülein* Frida, meu braço direito.

A mulherona estica a mão forte para o garoto, que a cumprimenta meio hesitante, sentindo os dedos esmagados pelos dedos dela.

— Muito prrazerr — diz a mulher, e ele apenas acena com a cabeça.

— *Fraülein* Frida é minha auxiliar no trabalho, também contratada da Tech Medical Research Corporation — esclarece o cara, parecendo ainda mais baixo perto daquela figura enorme. — Ela estava acabando de arrumar seu quarto, que fica aqui mesmo, bem ao lado do laboratório. Não quer conhecê-lo?

— Porr aqui — convida a grandalhona. — Me acompanhe, porr favorr.

Na verdade, Bruno não sabe se quer conhecer "seu" quarto. Tem sérias dúvidas sobre se realmente é uma boa ficar por ali, naquele lugar pra lá de esquisito. Desconfia muito que talvez seja melhor esquecer essa história de experiência científica e voltar para casa agora mesmo. Mas não sabe como dizer isso ao dr. Nereu, que está convencido de que ele vai ficar:

— *Fraülein* Frida, o rapaz vai precisar de roupas limpas e de alguns itens de higiene pessoal.

---

[1] *Fraülein*, em alemão, significa senhorita.

— Pois não, senhorr. Já está tudo prrovidenciado — responde ela, se voltando para o garoto e insistindo no convite:

— Porr aqui, porr favorr.

O médico então se despede, já subindo de volta a escada do alçapão:

— Estamos ambos cansados da viagem. É melhor irmos dormir, porque amanhã o dia vai ser longo. *Fraülein* Frida vai cuidar de você.

Ouvindo isso, Bruno percebe que não tem muita escolha a não ser ficar por esta noite, já que está mesmo tarde para pegar o caminho de volta por aquela comprida estrada de terra.

Porém, já decidiu: amanhã cedo vai avisar ao dr. Nereu que desistiu de participar dos tais testes e que quer voltar para a cidade imediatamente.

V. Hora de dormir

Mas acontece que não vai dar. Logo depois de ele entrar no quarto com *fraülein* Frida, a chuva aumenta furiosamente.

O temporal deve ser até pior do que Bruno então imagina, porque ele está naquele porão superfundo, num quarto de teto alto toda vida (que mais parece uma cela, apesar de imaculadamente branco e bastante confortável) com apenas uma pequena comunicação com o lado de fora: uma espécie de respiradouro quadrado de 15 centímetros de lado, fechado por uma tela metálica, e localizado lá em cima, a uns quatro metros do chão onde ele pisa, mas que deve ficar bem junto ao solo encharcado lá de fora.

Não dá mesmo para ter noção exata do que se passa no exterior do porão, entretanto — embora o garoto não saiba ainda — aquele temporal vai ser a desculpa que o dr. Nereu vai usar no início para mantê-lo por lá ("as estradas estão intransitáveis, caíram barreiras pelo caminho, está tudo uma lama só, o rio encheu e transbordou etc. etc.").

E agora Bruno está no pequeno banheiro que há dentro do quarto, de chuveiro aberto e morto de vergonha. Aquela mulher monumental acabou de dar a ele uma toalha e um sabonete e está de pé, feito uma sentinela, em frente ao boxe de vidro, esperando que ele tire a roupa e entre no banho.

— Como conseguiu ficarr tão sujo? — pergunta ela, torcendo o nariz para seu estado pós-briga na *lan house*.

Ele não responde. Fica parado e bastante indignado, esperando que *fraülein* Frida se manque de uma vez e saia logo daquele banheiro. Mas ela é mesmo muito sem noção:

— Está esperrando o quê? Vamos deprressa que eu não tenho a noite toda.

— Posso muito bem tomar banho sozinho. Será que a senhora me dá licença?

— Ah, é isso? — ri ela, meio debochada. — Então vou verr seu jantarr.

○ ○ ○

Bruno mal sai do banho e já encontra um prato de comida e um copo de suco sobre a mesa (também branca) montada no meio do quarto. Ele está usando um pijama amarelo, uns dois números acima do seu, que *fraülein* Frida deixou no banheiro.

— Depois de jantarr, vá dorrmirr — manda ela, como quem se dirige a uma criança pequena. — O dia amanhã começa cedo. O doutorr Nerreu está ansioso parra darr início às experriências.

Outra vez um súbito frio na barriga assalta o garoto.

— Se necessitarr de alguma coisa, é só me chamarr por este interrfone — recomenda a mulher, mostrando um aparelho intercomunicador. — Nós costumamos dorrmirr semprre na casa grrande, mas se prrecisarr é só tocarr que venho logo.

Apesar de não se sentir seguro nem com o médico nem com aquela alemãzona, Bruno não gosta nem um pouco de saber que vai ter que dormir sozinho naquele porão *high-tech*[1].

— Boa noite — despede-se ela.

Ele a vê sair do quarto fechando a porta e ouve o barulho da fechadura sendo trancada por fora. Então olha em volta, já meio desesperado, alcança seu celular e tenta ligar para um número qualquer. Sinal zero!

Aí se dá conta de que está mesmo isolado do resto do mundo, no quarto todo branco daquele lugar inacreditável.

E passa uma noite de terror. Está assustado, querendo pedir socorro, mas não tem para quem. Deita na cama, fita o teto muito alto e vê lá em cima o minúsculo respiradouro, que é a única e inacessível saída para o lado de fora. Levanta furioso e procura arrombar a porta a pontapés, tenta outra vez o celular, soca as paredes, grita a plenos pulmões, mas não consegue nada.

Exausto, se deixa cair de novo na cama e dorme um sono entrecortado e cheio de horríveis pesadelos. Nesses sonhos macabros, ele é o frágil personagem de um sombrio *videogame*, o tempo todo fugindo de um homenzinho bizarro e uma mulher monstruosa, que o perseguem armados com uma seringa e um bisturi.

---

[1]*High-tech* significa de alta tecnologia, de tecnologia avançada.

VI. Fabricando um *supernerd*

Apesar daquela aterrorizante primeira noite, os próximos dois dias até que passam rápido e — por que não dizer? — mesmo um tanto divertidos, o que serviu para distrair Bruno um pouco de seus temores e preocupações.

É que a primeira etapa das experiências do dr. Nereu consiste em colocar a cobaia (no caso, o *nerd* Bruno) para jogar o dia todo no computador, com *fraülein* Frida registrando num *notebook*[1] prateado todos os resultados e recordes alcançados. Tudo isso ainda "de cara limpa", ou seja, antes da implantação dos tais *chips* que vão torná-lo um *supernerd*. Objetivo dessa etapa: ter dados para comparar o desempenho da cobaia antes e depois das cirurgias de colocação dos *chips*.

Mas a etapa divertida também passa rápido. No terceiro dia o dr. Nereu e *fraülein* Frida acordam Bruno bem cedo, a fim de prepará-lo para a primeira cirurgia. E o pânico toma conta dele.

Enquanto a coisa ficava apenas em disputar jogos de computador, tudo bem, apesar de ele se sentir o tempo todo um prisioneiro, trancado dia e noite naquele porão-prisão. Mas agora... ia levar anestesia e ser cortado, tudo isso por um médico meio sinistro, e num centro cirúrgico escondido num buraco!

Novamente, porém, não tem escolha. Esperneia e protesta aos berros ao ser colocado na mesa de operação, mas é contido com a maior facilidade por *fraülein* Frida, enquanto o dr. Nereu injeta em seu braço um líquido amarelado, que o faz apagar instantaneamente.

ooo

[1]*Notebook* é um computador portátil.

Depois de ter mergulhado de cabeça numa escuridão vazia por um tempo indefinível, Bruno começa agora a acordar aos poucos e, ainda meio grogue da anestesia, abre os olhos devagar.

Na medida em que a nuvem que atrapalha sua visão vai desaparecendo como fumaça no ar, ele vê as caras do médico e da alemãzona debruçadas sobre ele e percebe que está deitado na cama do quarto branco.

Mas percebe mais, muito mais. Para seu espanto, nota que consegue ver com absoluta perfeição cada poro da pele do rosto daqueles dois, cada pelo da penugem fininha que cobre as bochechas vermelhas de *fraülein* Frida, cada uma das minúsculas veiazinhas rosadas que se emaranham no branco do olho do dr. Nereu.

— E então? — pergunta o médico, muito ansioso. — Está notando alguma diferença? O *chip* que implantei em seus olhos funciona como o previsto?

Bruno está impressionado:

— Caraca! Consigo ver cada detalhe incrível... e sem óculos!

— Maravilha! — comemora o médico, dando um tapinha, palma com palma, na mão erguida de *fraülein* Frida, que solta um "*yess*!" todo animado.

E logo continua, entusiasmado:

— Quando implantarmos o *chip* nos seus ouvidos, você vai ter sentidos ainda mais apurados.

Fraülein Frida digita umas coisas em seu *notebook*, e o dr. Nereu vai se entusiasmando cada vez mais:

— Na etapa final da experiência, que só vai acontecer depois de muitos testes práticos — prossegue ele, todo vaidoso e falando muito mais do que deveria —, vem a parte mais desafiadora para minha capacidade como cirurgião: tornar seus reflexos e coordenação motora imbatíveis, com uma delicada neurocirurgia... que vai fixar um *chip* diretamente em seu encéfalo!

O quê? — Bruno acha que não entendeu direito. Aquele maluco está planejando abrir seu crânio e operar seu *cérebro*? Socorro, precisa fugir dali!

— Mas parra que adiantarr as coisas, doutorr? — sutilmente repreende *fraülein* Frida, reparando no pavor do garoto. — A prróxima etapa é implantarr o *chip* nos ouvidos, o que é uma operração tão simples quanto foi a colocação nos olhos.

— Claro, claro — concorda o dr. Nereu, entendendo o recado da alemã. — Não vamos queimar etapas. Ainda temos que testar os *chips* da visão e da audição primeiro, para depois pensar no resto.

Mas aqueles panos quentes não adiantam nada. Bruno já está completamente apavorado.

— E os testes vão serr feitos com aquele jogo muito maneirro, que a gente mandou prroduzirr especialmente — diz a mulherona, toda simpática, tentando conquistar o *nerd* ao usar uma gíria adolescente.

Nada disso, entretanto, melhora as coisas para o garoto.

Apesar de maravilhado com os superpoderes que sua visão adquiriu depois da colocação do tal *chip*, está decidido a não permitir, de jeito nenhum, ser operado no ouvido, e menos ainda na cabeça, por aquela dupla de doidos varridos.

Mas — como já aconteceu outras vezes antes — o que ele quer ou o que ele não quer a esta altura não conta nadinha. No dia seguinte, já totalmente recuperado da pequena cirurgia nos olhos e razoavelmente bem adaptado às novas superfunções de sua visão, é acordado de manhã bem cedo pelo médico e pela alemãzona, a fim de submeter-se à operação nos ouvidos.

É claro que de novo resiste bravamente, se debate, grita, tenta escapar... mas *fraülein* Frida é muito mais forte que ele, e o imobiliza na maca como quem segura um indefeso bebê.

VII. A REGRA DO JOGO

De novo de volta do abismo escuro da anestesia, Bruno abre seus superolhos e surpreende-se ao perceber com clareza que *fraülein* Frida e o dr. Nereu estão no laboratório, mexendo freneticamente nos computadores.

Então se lembra do que aconteceu antes de apagar, e agora sabe que também tem superouvidos. Aliás, mesmo que não soubesse, iria mesmo acabar descobrindo. Porque consegue ouvir tudinho o que acontece dentro do laboratório, mesmo com a porta do quarto completamente fechada.

— Conseguiu instalar o jogo, *fraülein* Frida? — ele ouve o médico perguntar.

E ouve também o barulho da alemã teclando no computador, os passos do dr. Nereu que se aproxima do monitor para conferir a tela, o suave deslizar do *mouse* sobre o tapete e — se fizer um pouco de esforço — até mesmo a respiração dos dois.

— Sim, doutorr, pode verr, agorra está corretamente instalado. O jogo está prronto parra o garroto jogarr.

— Ótimo — responde o médico. — Vamos então passar aos testes amanhã mesmo. Conforme as instruções da Tech Medical Research Corporation, a instalação do *chip* cerebral deve ser a última coisa, e só será feita depois de testarmos exaustivamente o *chip* ocular e o *chip* auditivo.

— Clarro — concorda ela. — Não podemos correrr o risco de que ele não resista à neurrocirrurrgia sem que antes os outrros dois *chips* tenham sido aprrovados nos testes.

— É, de maneira nenhuma. Seria jogar dinheiro fora e desperdiçar trabalho. Se o rapaz morrer na mesa de operações quando formos operar seu cérebro, pelo menos antes já teremos em mãos os resultados da primeira parte da pesquisa. Bem melhor que nada, não acha?

E corta o assunto:

— Mas é bom pararmos de falar sobre isso agora, que daqui a pouco ele acorda da anestesia.

Então é isso! Ouvindo tudo completamente horrorizado, Bruno constata que sua vida não vale nada para aqueles dois. Entende que ainda tem algum tempo — enquanto durarem os tais testes dos seus superolhos e superouvidos — para bolar um jeito de escapar dali.

Mas sabe que tem que escapar.

○ ○ ○

— Trrata-se de um jogo de ação e aventurra — começa a explicar *fraülein* Frida —, e é baseado num famoso e alegórrico poema do século XIV.

— É realmente um desafio que nenhum jogador comum até hoje conseguiu vencer — continua o dr. Nereu. — Mas, com seus supersentidos, achamos que você pode ser o primeiro.

A alemãzona faz questão de acrescentar:

— Parra início de converrsa, seus superrolhos vão enxerrgarr tudo em 3D e, até em lugarres bem escurros, o que facilita muito as coisas. E seus superrouvidos vão captarr sons e ruídos que uma pessoa comum nunca irria conseguirr perceberr.

Bruno escuta tudo calado, com um crescente interesse por aquele novo jogo. Mas é claro que não consegue esquecer, em momento nenhum, a sinistra conversa que ouviu no dia anterior.

O médico prossegue, explicando:

— Através de um avatar[1], o jogador encarna o personagem principal, que, ao se desviar de uma estrada reta, encontra-se perdido numa selva escura.

— Na frronteirra desse vale horrendo — retoma a alemã — se avista uma colina, com o sol brrilhando lá em cima. Ele vai terr que atrravessarr esse vale escurro e enfrrentarr perrigos inimagináveis...

— Para assim chegar ao Céu, e com isso ganhar o jogo! — completa o dr. Nereu, meio apressado, estendendo-lhe o *joystick*[2]. — E é claro que tudo vai ficando mais difícil à medida que o jogador passa de fase.

Então *fraülein* Frida se senta ao lado de Bruno, munida do *notebook* onde registra tudo.

— Volto depois — anuncia o médico, se encaminhando

---

[1] Avatar é a representação gráfica do jogador no ambiente virtual onde se passa o jogo.

[2] Um *joystick* é um acessório munido de diversos botões e que é usado para o controle manual de jogos eletrônicos.

para as escadas do alçapão com um risinho satisfeito na cara. — Espero que se divirtam. E boa sorte, meu rapaz!

Já completamente seduzido pelo gostinho daquele desafio eletrizante, o garoto aposta que, afinal, chegou sua vez de ganhar. E resolve afastar por enquanto todas as preocupações da cabeça, a fim de poder se concentrar melhor.

Então, agarra o *joystick* com as mãos suadas, e — inundado pela adrenalina que corre solta pelo corpo todo — aperta o botão que inicia o jogo.

VIII . Um *videogame* dantesco

Fase 1 — O Portal dos Sem-Esperança

O avatar de Bruno tenta se aproximar do sopé da colina, mas é impedido de continuar seu caminho por três feras ameaçadoras: uma pantera, um leão e uma loba. Rugindo horrivelmente e usando suas afiadas garras, a pantera tenta empurrá-lo de volta para o vale escuro.

Apavorado, ele não sabe como se defender, quando percebe que alguém se aproxima. É um homem negro e aprumado, de cabelo bem branco, rosto enrugado e olhar sábio, que logo que o vê começa a falar:

Esta não é a estrada certa
Dela cuida uma pantera
Para achar a porta aberta
Vai ter que evitar a fera
E se quer ver o eterno
Ao chegar lá na colina
Tem que conhecer o Inferno
É assim que a vida ensina

O garoto ouve isso com a maior atenção, mas continua sem saber que caminho tomar. Por isso insiste em seguir em frente, e é quase abocanhado pela horrenda pantera.

É quando se aproxima mais do poeta negro, esperando ajuda para aquela difícil jornada. Na mesma hora o velho indica a ele a direção certa, explicando assim:

Uma moça luminosa
Movida por puro amor
Veio a mim, linda e formosa

Com pena da sua dor
Me pediu pra acompanhá-lo
E ajudá-lo nos perigos
No Inferno ampará-lo
Livrá-lo dos inimigos

E assim aqui estou
Pra salvá-lo dessa fera
Pra descer fundo no abismo
Onde o sofrimento impera

E então os dois começam a caminhar juntos, o velho mestre e o garoto, por um cenário realmente assustador, cheio de árvores mortas, vegetação retorcida e imensas teias de aranha, sob uma penumbra sufocante.

No caminho têm que cumprir tarefas como desviar de insetos enormes, esmagar serpentes com os pés descalços e se desvencilhar da voracidade de plantas carnívoras. Mas vencem tudo isso, com a preciosa ajuda dos supersentidos de Bruno, continuando firmes na trilha.

Até que chegam a um portal semidespedaçado e lúgubre, onde na parte de cima se pode ler:

Deixai toda a esperança, ó vós que entrais.

O jogador sente o coração gelar. Um morcego passa zunindo e quase atinge seus olhos com as garras, obrigando-o a se abaixar com grande rapidez. Passado o susto, o poeta o pega firmemente pela mão, a fim de encorajá-lo a prosseguir.

Atravessam lado a lado a grande porta, e um barulho ensurdecedor toma conta do cenário enevoado. Gritos de dor, choros desesperados, brigas e discussões, suspiros de sofrimento e muitos gemidos, em todas as línguas possíveis, formam uma enorme confusão, que tem o som de uma forte ventania.

Almas esquálidas e cegas correm atrás de uma bandeira semidesfraldada, entre soluços e prantos, enquanto vespas e abelhas voejam em torno delas, picando suas magras carnes. As lágrimas se misturam ao sangue das picadas e aquilo cai na terra imunda, sendo sugado por ratos nojentos, que também roem seus maltratados pés.

É tudo tão horrível que Bruno fica meio paralisado, quase incapaz de seguir em frente. As almas puxam seus braços e seguram-se vorazmente às suas pernas, entre súplicas lancinantes. É quando o mestre-poeta resolve explicar:

São estas aquelas almas

Dos que viveram ao léu

Para o Inferno não vão
Mas não merecem o Céu

Perderam anos na Terra
Sempre entre o Bem e o Mal
Quem não acerta e nem erra
Fica sofrendo no umbral

Depois de mais essa explicação rimada, o poeta e o avatar de Bruno são obrigados a passar um bom tempo se desvencilhando dos espectros fantasmagóricos que os agarram. Mas finalmente chegam à margem de um rio de águas pantanosas e cinzentas, que têm que atravessar rapidamente.

Um velhote pálido e de olhos em brasa, pilotando uma embarcação caindo aos pedaços, tenta impedir a travessia, empurrando os dois e recusando-se a levá-los em seu barco:

— Se vocês estão vivos, não podem passar! Afastem-se das almas dos mortos agora mesmo! — ordena ele, rangendo os dentes podres.

Mas novamente o poeta salva a situação. Engana o barqueiro fingindo que se afasta e, enquanto Bruno agarra o barco com uma das mãos, os dois pulam rápido para dentro, voando lépidos por cima de um monte de almas penadas.

Então alcançam a outra margem, onde o ambiente continua horripilante. É quando um terremoto sacode tudo. Do fundo da Terra sobe um vento arrasador, acompanhado de relâmpagos e trovões terríveis.

O avatar de Bruno, abalado por tantas emoções e acontecimentos macabros, acaba por cair no chão, desfalecido. Aves carniceiras começam a voar em círculos sobre ele, mas, antes que elas o biquem, ele acorda e as espanta. Seu mestre o convida a partirem:

Levanta, que o tempo urge
E o Inferno nos aguarda
Um caminho longo surge
E quem vai pra lá não tarda

IX. Ouvindo coisas

— Vamos parrar porr aqui, porr hoje — decreta *fraülein* Frida de repente, logo agora que o jogo começa a esquentar. — Você está indo muito bem; está conseguindo vencerr obstáculos cada vez piorres e aprroveitando dirreitinho a ajuda do seu mestrre. Esperramos que continue assim!

Bruno dá um *pause*[1] e olha para ela, sem entender por que têm que interromper o jogo tão de repente. Resolve protestar:

— Não posso parar logo agora... estou quase chegando lá!

— Retomamos amanhã — corta a alemã, deixando claro quem manda ali. — Agorra tenho que crruzarr uns dados, elaborrar umas planilhas, enfim, analisarr uns resultados antes de prrosseguirrmos.

O garoto fica superchateado. Não acha legal ter que parar tão cedo. Até agora jogou tão pouco! Mas não pode fazer mais nada, a não ser protestar debilmente:

— Um saco, isso...

E já perdeu a noção da hora, o que não é muito difícil naquele lugar todo fechado e sem luz do sol. Fica um tempo ainda concentrado, pensando no que vai acontecer no dia seguinte na tal ida ao Inferno, até que logo chega a hora do jantar.

É quando cai de volta no mundo real, consulta seu relógio de pulso constatando que já está tarde e lembra-se do seu grave problema: tem que fazer alguma coisa urgente para escapar dali antes que abram sua cabeça para enfiar um *chip*.

E, então, perde completamente a fome, deixando tudo no

---

[1]Dar um *pause* significa interromper o jogo num determinado ponto, para retomá-lo depois a partir dali.

prato que *fraülein* Frida — antes de ir embora e trancá-lo por fora — coloca sobre a mesa do quarto branco.

◦ ◦ ◦

Bruno sabe que precisa dormir, mas o sono não vem. Precisa estar forte e alerta para aproveitar qualquer chance de fuga que apareça, e passar noites em claro não vai ajudar em nada. Mas a cabeça dá mil voltas, procurando uma saída para aquela situação ameaçadora, e o sono demora a chegar.

Muito nervoso, deita e levanta mil vezes, dá voltas e mais voltas pelo quarto, rói todas as unhas das mãos, insiste inutilmente em ligar do celular... E só quando se cansa de tanta agitação e senta quieto na cama é que percebe que, através do pequeno respiradouro que fica lá em cima perto do teto, consegue ouvir claramente alguns barulhos externos.

Assim, graças à sua superaudição, ouve o canto ritmado dos grilos, o farfalhar do vento nas folhas, um longínquo pio de coruja e — espere aí! — um ruído pouco nítido, mas que ele acaba reconhecendo sem dúvidas: a vegetação rasteira sendo amassada pelos passos de alguém!

Há alguém lá fora! Bruno precisa fazer alguma coisa; não pode perder essa chance única de chamar a atenção e pedir socorro. Mas e se for o médico-monstro ou sua assistente colossal?

Não importa, vai ter que tentar!

Então tem uma ideia: alcança o garfo que está sobre a mesa e o atira com toda a força na direção do respiradouro. Acerta o alvo, e o choque do metal do garfo contra o metal da grade produz um barulho considerável. Alguns intermináveis segundos se passam, até que um milagre acontece — ele ouve claramente uma voz abafada, que pergunta:

— Tem alguém aí?

Quer responder, mas acha difícil ser ouvido. A pessoa parece não estar muito perto. Então pega o garfo do chão e o joga novamente no respiradouro, produzindo de novo o ruído metálico.

A voz se aproxima, já bem menos abafada que antes:

— Tem alguém aí?

Bruno repete a operação várias vezes, e a cada vez a voz vai chegando mais perto, guiada pelo barulho do garfo. Até que ele ouve uns estalidos de galhos quebrando e de plantas sendo afastadas: a pessoa — seja quem for — acaba de descobrir o orifício do respiradouro!

— Quem está aí? — a voz agora está bem próxima; o homem (porque agora dá para saber claramente que se trata de uma voz de homem) parece estar abaixado junto à parede externa da casa.

— Preciso de ajuda! — grita o garoto, do subsolo, cheio de esperança de ser ouvido do lado de fora. — Estou preso aqui embaixo!

— Quem é você? — devolve o sujeito, com a voz ainda mais perto.

Bruno se anima:

— Consegue me ouvir?

— Espere um pouco. Vou deitar no chão para encostar o ouvido na grade.

A superaudição do garoto capta os movimentos do cara: Bruno percebe que ele se deita no mato, arrasta-se um pouco para se posicionar melhor, e finalmente aproxima a cabeça do respiradouro.

— O que está fazendo aí? — pergunta o homem, após alguns segundos.

— Estou servindo de cobaia para um tal de doutor Nereu. Tenho que sair daqui logo, porque dentro de uns dias ele vai operar meu cérebro!

Bate um silêncio do lado de fora. O garoto agora só consegue ouvir os grilos, o vento, a coruja, e nada mais. Além da respiração um tanto ofegante do sujeito, que parece momentaneamente petrificado.

— Ei! — suplica, apavorado com a ideia de que o homem possa ser um aliado do médico. — Me tire daqui, por favor!

— Não dá pra fazer nada agora — desculpa-se o cara, depois de uma rápida pausa. — Mas prometo tentar ajudar. Pode me contar como foi parar aí?

— É uma longa história — diz o garoto. — Vou procurar resumir.

Bruno então começa a falar sem parar, e o homem ouve tudo pacientemente, com o ouvido colado no buraco do respiradouro.

Assim fica sabendo da briga na *lan house*, da proposta de "estágio" do dr. Nereu, dos *chips* implantados nos olhos e ouvidos de Bruno, dos sinistros planos do médico para operar seu cérebro e dos testes feitos com os jogos eletrônicos. Escuta até uma breve descrição do jogo infernal que o garoto anda agora disputando.

Quando Bruno termina seu relato, ele parece chocado:

— Quer dizer que, quando terminarem esses tais testes, eles vão mesmo abrir sua cabeça?

— Isso mesmo.

— Não se preocupe. Antes disso você sai daí.

— Mas como?

— Ainda não sei, mas volto amanhã por estas horas. — E o garoto percebe que ele levanta com um certo esforço, murmurando baixinho de si para si: — Bem que a menina Luara logo viu que tinha coisa errada nessa história!

Meio esperançoso e meio desesperado, Bruno nota que o homem se afasta e então procura acalmar o próprio coração. É óbvio que agora está melhor que antes:

alguém (seja quem for) — além dele próprio, do médico maléfico e sua assistente gigantesca — já sabe que está preso ali!

Tranquilizado por essa ideia, começa a ficar sonolento. Lembra que no dia seguinte continuará a disputar o emocionante jogo, com a alemãzona sempre no seu pé. Aos poucos seus pensamentos se tornam confusos e os olhos, pesados; então ele acaba adormecendo sem se dar conta.

E sonha o resto da noite com sua casa e seus pais.

X. O LIMBO E OUTROS HORRORES

FASE 2 — O PRIMEIRO CÍRCULO DO INFERNO

O sábio mestre e o avatar de Bruno prosseguem lentamente em sua penosa jornada.

De onde estão descem a um longo e úmido corredor, que vai se afunilando aos poucos, e onde se escondem espíritos melancólicos de homens, mulheres e muitas crianças. A atmosfera não é de horror nem desespero, mas há muita tristeza e mágoa.

O garoto nota que o velho está pálido e pergunta se ele está com medo. Mas o mestre logo esclarece que está meio abalado porque é naquele lugar suspiroso que mora:

No limbo estamos chegando
Lar das almas sem pecado
Que ficam assim chorando
Pois faltou-lhes batizado

Vivendo aqui, eu lamento
A má sorte das crianças
Que mesmo sem sofrimento
Também não têm esperanças

Eles precisam agora atravessar o túnel e, apesar de o caminho ser dificultado por um caudaloso rio de lágrimas que quase os afoga, ao final conseguem ver uma luz e um castelo de sete portas. Entram nele depois de ultrapassar ondas quase intransponíveis e de cruzar a nado um largo fosso, mas lá dentro o garoto compreende que ainda permanecem no limbo.

Embora haja um lindo prado e bastante luz, no lugar reúnem-se espíritos de grandes sábios e filósofos, que, apesar de virtuosos e ilustres, estão no limbo porque também não conheceram o batismo em vida.

Bruno fica impressionado, mas é preciso deixar tudo isso para trás e prosseguir sempre, descendo mais ainda na direção do fundo do Inferno.

Fase 3 — O Segundo Círculo do Inferno

Então, chegam ao horripilante Segundo Círculo, onde só existe escuridão e dor.

Na entrada há um juiz monstruoso e implacável, com um rabo quilométrico, e diante do qual está uma multidão suplicante de réus. São eles as desventuradas almas que erraram em vida por causa do amor.

Elas são atiradas violentamente de um lado para o outro, fustigadas por um vento inclemente, até ouvirem sua sentença e serem arremessadas num profundo abismo. E essa ventania furiosa quase carrega Bruno, que tem que se agarrar na enorme cauda do juiz para não ser levado para aquelas profundezas juntamente com os espíritos pecadores.

O jogador e seu mestre negro então tentam seguir adiante, mas o juiz-monstro está disposto a impedi-los, com berros lancinantes. Os gritos horrorosos ferem os ouvidos supersensíveis de Bruno, e ele chega a desmaiar por uns instantes.

As coisas estão cada vez mais difíceis. Mas o velho sábio tampa os ouvidos do garoto com as duas mãos e o arrasta para bem longe do monstro.

E assim conseguem vencer mais essa fase, podendo descer ao Terceiro Círculo do Inferno... onde as coisas são ainda piores.

FASE 4 — O TERCEIRO CÍRCULO DO INFERNO

É lá que os aguarda um cão de guarda espantoso — tem três enormes cabeças, três bocas esfomeadas e seis olhos vermelhos, além de garras aguçadíssimas. O animal tenta barrar o caminho dos dois, latindo com suas três goelas e avançando furioso.

Para piorar, uma chuva de neve e granizo, gelada e dura, encharca tudo. O chão se cobre de uma lama fedorenta e podre, que dificulta muito a caminhada do jogador e seu mestre.

Espíritos desgraçados berram e se debatem inutilmente nessa lama infecta, contorcendo-se de dor pelas chicotadas da chuva, enquanto têm a pele rasgada pelas unhadas agudas do cachorro infernal.

É nesse ponto que Bruno — perplexo com tanto horror — fica sabendo de tudo, pelas palavras do poeta:

É neste horrível lugar
O círculo número três
Que as almas vêm pagar
Estragos que a gula fez

Quem usou e abusou
Dos prazeres da comida
Por aqui se condenou
A penar por toda a vida

Mas quase não consegue terminar de ouvir.

O cão de três cabeças avança sobre os dois ameaçadoramente, e eles têm que juntar o máximo possível de terra, com as próprias mãos, para jogar nas goelas escancaradas do cachorro. Sabem que é a única forma de neutralizar o inimigo, e não podem errar... senão estarão perdidos.

O susto é grande, mas acabam sendo bem-sucedidos na perigosa tarefa. O cão guloso tenta engolir a terra, que fica entalada em suas gargantas e faz com que se aquiete em profundo silêncio.

Mais uma etapa vencida!

O jogador e o poeta então continuam em frente no desagradável caminho, obrigados a sair pisando em espectros sofredores que se confundem com o denso e fétido lamaçal.

Até que param bem em frente a uma porta horrorosa: ali começa o impressionante Quarto Círculo do Inferno.

XI. Nhô Jucá

E exatamente quando o garoto está todo embalado para entrar na próxima fase, louco para enfrentar os desafios do Quarto Círculo, *fraülein* Frida estraga tudo outra vez:

— Vamos parrar porr enquanto. Amanhã a gente continua. Parra terrmos os melhorres resultados, não devemos cansarr você.

Bruno tem o impulso de se rebelar, de dizer que não está nem um pouco cansado, que vai continuar de qualquer jeito, mas sabe que não vai adiantar nada.

De todo modo, olha o relógio e vê que já está mesmo ficando tarde. E é bom que a alemã não demore a ir embora, para não correr o risco de dar de cara com o homem que prometeu ajudá-lo. Para alívio do garoto, ela serve o jantar rapidinho e logo depois se retira, combinando voltar no dia seguinte para continuarem o jogo.

Assim que se vê sozinho trancado no quarto, ele é invadido por uma dúvida inquietante: será que o tal sujeito vai mesmo aparecer de novo?

Mas não precisa esperar muito por essa resposta. Logo que acaba de comer, ouve um barulho de passos que chega aos seus superouvidos através do buraco do respiradouro. No começo a pessoa ainda está longe, porém aos poucos se aproxima devagar, como quem está tomando alguns cuidados.

— Fique calmo, que você vai sair daí — informa o homem, assim que chega mais perto. — Mas não vai ser fácil, e pode demorar um pouco. Falta quanto para o tal jogo chegar ao fim?

Bruno também não sabe.

— Sei lá — diz ele. — Só sei que terminamos a fase 4, que é o Terceiro Círculo do Inferno. Mas não sei quantas fases faltam.

— Bom, pelo que você contou, esse jogo parece muito com um antigo poema épico que eu conheço. E, se é a mesma história dele, ainda faltam mais seis círculos para esse Inferno chegar ao fim.

— Isso quer dizer — avalia o garoto — que então faltam mais seis fases...

— Pode ser — diz o homem. — Mas as últimas fases são muito mais difíceis e demoradas que as primeiras.

— Então, se o jogo for fiel ao poema, a partir de agora fica tudo cada vez pior... embora também leve mais tempo — calcula Bruno.

Pensa por alguns instantes e em seguida continua:

— Se for assim, e mesmo que eu enrole um pouco e jogue mais devagar... isso dá mais uns três dias de jogo, quatro no máximo.

E se desespera:

— Não é muito tempo, e eu tenho que fugir até lá!

— Calma, que vamos tirar você daí — assegura o homem, usando na frase um estranho plural. — Volto amanhã, na mesma hora.

— Espere! — pede o garoto, ao perceber que o sujeito começa a se afastar. — Você ainda não disse o seu nome.

— Meu nome? Pode me chamar de Nhô Jucá.

° ° °

O dia seguinte começa cedo. Bruno ainda está deitado quando ouve o médico e *fraülein* Frida entrando no laboratório. Os dois conversam em tom baixo, mas não é difícil para ele ouvir a conversa.

— É melhorr parrarr de falarr nisso agorra — avisa a mulherona, preocupada. — O rapaz já deve estarr acorrdado.

O dr. Nereu abre a porta do quarto e dá uma olhada lá dentro. Bruno está bem quieto, de olhos fechados, fingindo que está dormindo.

— Que nada — diz o médico, fechando a porta com o maior cuidado. — Ele está ferrado no sono.

Ela fica mais tranquila:

— Querr dizerr que o senhorr acha que devemos interromper os testes...

— Não exatamente. Só no caso de ele perder o jogo antes do final. Ao contrário do que estava previsto, se isso acontecer não acho necessário repetirmos fases e nem fazer mais teste nenhum.

— Nesse caso, vamos anteciparr a cirrurrgia?

— Claro. E para que esperaríamos mais?

O garoto toma um susto. Então aqueles dois estão pensando em operá-lo antes do tempo previsto? Aguça ainda mais seus superouvidos, para não perder uma vírgula daquela conversa. A alemãzona ainda observa:

— Só que o senhorr bem sabe... daqui parra a frrente as fases vão ficando cada vez piorres. Ele vai acabarr parando logo; duvido que consiga entrrarr no Céu, querro dizerr... chegarr ao fim do jogo.

Ao ouvir isso, a agitação de Bruno aumenta muito. Mas ele continua prestando a maior atenção.

— Melhor assim — avalia o médico. — Estou ansioso para resolver isso logo.

Faz uma pausa e continua:

— Veja bem, *fraülein*: a Tech Medical Research Corporation quer que tenhamos concluído esses testes antes de implantar o *chip* cerebral, certo?

— Cerrto.

— Mas se ele perder o jogo antes do final, podemos considerar os testes concluídos.

— Isso é verrdade — concorda ela. — Já terremos todos os elementos parra elaborrar o relatórrio, com todas as conclusões que eles querrem.

— Então, fica combinado assim: enquanto o rapaz conseguir vencer as fases, o jogo continua. Quando perder... *game over*[1]! Operamos logo no dia seguinte.

---

[1] *Game over* é uma expressão que significa que o jogador perdeu todas as chances que tinha, e assim o jogo termina ali.

— De acorrdo, doutorr. Vou desperrtá-lo parra entrrarrmos na prróxima fase, logo depois de um café da manhã reforrçado, é clarro.

Ainda encolhido na cama, Bruno percebe que as coisas (por incrível que pareça!) estão ainda piores que antes.

Para arranjar um jeito de escapar daquele porão, precisa ganhar algum tempo — mas isso vai depender do seu desempenho... num jogo cada vez mais complicado!

XII. E o inferno continua

Fase 5 — O Quarto Círculo do Inferno

A viagem do avatar de Bruno e seu mestre cada vez mais fundo nos infernos continua muito atribulada. Eles mal atravessam a entrada do Quarto Círculo e logo são recebidos por um deus furioso e cego, que não quer deixá-los passar de jeito nenhum, berrando as piores ofensas e impropérios.

Mas o velho poeta ignora tudo o que ele diz e puxa o garoto firmemente pela mão, encorajando-o a continuar. Então os dois caminhantes aproveitam para descer rapidinho pela beira que contorna o Círculo. Lá embaixo, eles encontram uma verdadeira multidão de almas; há mais almas ali do que em todos os outros círculos em que já estiveram antes.

E veem uma cena impressionante: os espectros estão organizados em dois grupos que se enfrentam, todos eles usando o peito nu para rolar grandes e pesados sacos cheios de moedas, que empurram uns contra os outros. Assim que os sacos colidem estrondosamente, um grupo grita: "Por que guardas?", e o outro: "Por que gastas?". E então os sacos voltam rolando ao ponto inicial, onde começa tudo de novo, num vaivém circular interminável, e assim para todo o sempre.

O jogador tem que se desviar desses milhares de sacos, fugindo com agilidade para não ser esmagado por eles. Mas não é fácil; embora ajudado por seus superolhos, mal ele se livra de uns, logo outros o perseguem, sem descanso. Tudo isso perturbado pelos gritos histéricos daquelas almas penadas, que não param de tanto perguntar. E o garoto não pode bobear um segundo, senão corre o risco de ser imprensado e "morrer" (e aí... *game over*, coisa que não pode acontecer tão cedo!).

Depois de um bom tempo nessa agonia incessante, finalmente ele consegue escapar daquela gigantesca roda de malucos, sem ter sido seriamente atingido nem uma única vez. Mas não entende o que está acontecendo ali, e o velho sábio resolve esclarecer:

Neste círculo estão primeiro
As almas dos avarentos
Que só guardaram dinheiro
Em todos os seus momentos

Mas aqui estão também
Os que gastaram demais
Ficaram sem um vintém
E aí perderam a paz

Logo depois dessa explicação em forma de trova, o mestre apressa Bruno, porque o tempo é curto e eles precisam seguir adiante. Então, tomam um caminho lúgubre e mergulhado na escuridão, que vai dar direto no assombroso Quinto Círculo.

Fase 6 — O Quinto Círculo do Inferno

Chegam junto a uma perigosíssima fonte fervente, que espirra água quente por toda parte. O garoto tem que pular de um lado para o outro, a fim de escapar de uma séria queimadura. Após algum tempo acaba conseguindo sair de perto, e vê que da fonte nasce um rio de águas pretas e nojentas, como uma tortuosa corrente de petróleo.

Mas o pior é o que vem depois: nas margens lodosas desse rio, vultos enfurecidos e cobertos de lama se debatem em meio ao pântano que tenta engoli-los. Eles se socam uns aos outros, batem ferozmente as próprias cabeças e se mordem todos, arrancando a pele dos demais com os próprios dentes. Em meio aos rostos raivosos que afundam e retornam, milhares de borbulhas sobem à superfície.

Aqui ficam os irados
A quem a raiva domina
E aí embaixo, afundados
Rancorosos de igual sina

O mestre mal acaba de falar sobre esses estranhos habitantes do Quinto Círculo, quando um deles puxa Bruno violentamente para dentro do pântano.

O jogador se debate, desesperado, e aí começa a ser agarrado por mais outros, que fazem de tudo para afundá-lo na lama preta. Então começa a levar socos, chutes, mordidas e arranhões, entre rangidos de dentes e muita fúria.

Parece mesmo que é o fim de tudo.

Mas, no último instante, o velho sábio estende sua mão para ele, que consegue agarrá-la num golpe rápido. Os dois lutam juntos e, finalmente, Bruno escapa daquele horror.

Com certa dificuldade continuam em frente, até que o jogador, graças a seus olhos superagudos, avista bem ao longe uma torre iluminada por chamas de fogo ardente, em contraste com o cenário escuro que até então vêm atravessando. Um homenzinho esquisito logo chega em sua canoa e se oferece para levá-los para o outro lado do largo rio, onde fica a torre.

Os dois embarcam e começa a penosa travessia, em meio às almas dos irados e rancorosos que continuam a se agitar no lamaçal. Bem antes de alcançarem a outra margem, os superouvidos de Bruno começam a captar, ao longe, horríveis lamentos e gritos pungentes de dor.

Passa-se um bom tempo antes de o barqueiro deixá-los em frente a enormes muros, que ostentam uma porta fortemente guardada por vários demônios. É quando eles percebem que os gritos e lamentos vêm lá do outro lado da imensa muralha.

Mesmo assim, não têm um só segundo de sossego.

Logo que acabam de descer da canoa, são cercados por três pavorosas criaturas, com corpo de velha, cabeça de cão com cobras no lugar do cabelo, medonhas asas de morcego, e rodeadas de verdes hidras. Furiosas, elas arranham o próprio peito com suas repugnantes unhas, golpeiam-se com as mãos e lançam fortes maldições ao vento.

"Vem, irmã mortal!", gritam elas, inesperadamente. "Transforma em pedra quem ousa te encarar!"

Bruno mal tem tempo para respirar, e uma outra criatura medonha aparece de repente. Na enorme cabeça, ela carrega uma cabeleira de serpentes peçonhentas que se remexem, sinuosas.

Porém, antes que o jogador volte seus superolhos para aqueles olhos de fogo, o mestre tem tempo de avisar:

Se quiser seguir em frente
Olhe logo pro outro lado
Feche os olhos de repente
Pra não ser petrificado

Desviando rapidamente o olhar, Bruno consegue escapar daquela maldição, mas não pode evitar a batalha intensa que vem depois. Milhões de espíritos pecadores em fuga atravessam correndo seu caminho, e ele tem que evitar ser pisoteado pela multidão, o que exige grande agilidade.

Já está completamente exausto e sem forças, quase sendo atropelado pelo tropel de espectros, quando vê a razão de tanto alvoroço: um lindo ser de luz, resplandescente e com asas de anjo, se aproxima flutuando levemente sobre as negras águas do rio, sem nem mesmo molhar os pés.

A essa altura os últimos fugitivos já foram embora, e um grande alívio toma conta de Bruno. Quer falar alguma coisa, mas o velho sábio faz sinal para que fique em silêncio. Então o anjo enfrenta com firmeza os demônios que guardam o muro, toca a porta de entrada com uma pequena vara mágica, e ela se abre para os dois.

Agora somos convidados
À parte funda do Inferno
Lugar dos piores pecados
E do desespero eterno

A partir daqui se pagam
As culpas mais importantes
Também é onde se acham
Castigos mais lancinantes

Depois dessas palavras do mestre, o jogador comemora. Apesar de não conseguir evitar o frio na espinha ao ver que vão para um lugar pior, fica feliz por terem vencido mais essa etapa.

Mas ainda não é bem hora de comemoração, porque agora precisam ir ainda mais fundo: é chegado o momento de baixar ao tenebroso Sexto Círculo.

XIII. Finalmente, a bruxa

Fraülein Frida interrompe exatamente aí. E até que desta vez Bruno não fica nem um pouco chateado. Afinal, quanto mais tempo demorar o jogo, melhor para ele. Além disso, depois das últimas e terríveis batalhas no Inferno, ele está realmente esgotado. E sabe que precisa estar bem preparado para as fases mais difíceis que ainda virão.

Assim, aceita dar um *pause* sem reclamar, embora ainda não tenha anoitecido. E repara que está com fome: todo aquele exercício no Quarto e Quinto Círculos do Inferno, e ainda por cima sem parar para almoçar, o deixou realmente faminto.

Então a alemãzona serve um lanche enorme, e ele come tudo com o maior apetite. E logo é dominado por uma sonolência invencível.

— Pode irr deitarr, se quiserr — autoriza a mulher, notando seus seguidos bocejos. — Você deve estarr bem cansado, e amanhã cedo terremos muito que trrabalharr.

Bruno percebe que ainda não é noite; falta muito para Nhô Jucá aparecer. Decide ir descansar por umas horas, mesmo porque não tem nada melhor para fazer. Assim, entra no quarto a fim de se deitar e, tão logo bate na cama, cai num sono profundo e sem sonhos.

Desperta meio atordoado, sem entender direito onde está. Isso costuma acontecer com ele: muitas vezes, ao acordar, não sabe ao certo se dormiu na casa da mãe ou do pai. Também... vive o tempo todo pulando de um lado para o outro!

Mas de repente lembra-se com clareza de todos os acontecimentos dos últimos dias e não consegue evitar o nervosismo. Olha as horas e vê que não dormiu tanto assim: ainda falta um bom tempo para a "visita" de Nhô Jucá.

Resolve continuar deitado, a fim de tentar cochilar mais um pouco; quando ouve as vozes do médico e sua auxiliar, que estão bem ali no laboratório.

— Ele agorra só acorrda amanhã, já até trranquei a porrta do quarrto — diz *fraülein* Frida. — O jogo hoje foi difícil e muito cansativo, achei que ele não ia conseguirr. Mas o rapaz é bom!

O dr. Nereu muda de assunto de repente, e sua voz parece preocupada:

— Achei ter visto umas pegadas lá fora, atrás da casa, que não me parecem ser minhas nem suas. Tem notado alguma presença estranha por aqui?

— É imprressão sua, doutorr, não pode haverr mais ninguém porr perrto.

— Não sei... às vezes penso que a bruxa...

— A brruxa? — o tom da mulher é de profundo desprezo. — A brruxa morreu, doutorr, se afogou no rio... e nós sabemos muito bem disso.

— Mas se nunca encontramos o corpo...

— Deve estarr prreso no fundo, senão já terria sido achado. Ou ela já terria aparrecido parra nos atrrapalharr, caso estivesse viva. Acho que não deve pensarr mais nisso.

— É, você tem razão — concorda o médico, com um suspiro. — E chega de trabalho por hoje. Acho que estamos precisando descansar. Vamos indo?

O garoto escuta os dois subindo as escadas do alçapão e fechando a tampa por fora. E fica intrigado com a conversa que ouviu: eles falaram numa "bruxa" que morreu afogada no rio... Do que será que estavam falando?

○ ○ ○

Nhô Jucá aparece um pouco depois da hora combinada. Mas vem com boas notícias:

— Veja se aguenta mais um pouco que a gente já está resolvendo tudo — diz ele, assim que chega junto ao respiradouro e novamente se deita no chão.

Bruno não segura a curiosidade:

— A gente quem?

— Eu e a pessoa que me mandou aqui... além de uns amigos dela, também.

— E quem foi que mandou você aqui?

— Alguém que está muito preocupada com o que pode acontecer a você. Que desconfiou desde o início que o tal doutor estava aprontando. Que bem sabe que ele é muito perigoso.

O garoto fica ainda mais curioso:

— E como é que "ela" pode saber disso tudo? E se preocupa comigo por quê, se nem ao menos me conhece? E, afinal, quem é "ela"?

O homem se cala de repente. Parece em dúvida sobre se deve mesmo continuar falando.

— Escute só — apela Bruno, com a voz aflita —, estou numa situação muito difícil. Na verdade, estou ficando desesperado. Se você não me disser o que é que está acontecendo, não sei se vou aguentar.

Nhô Jucá continua calado. Porém, depois de alguns instantes, respira fundo e concorda:

— Está bem. Acho que você precisa mesmo saber. Mas primeiro vou me apresentar melhor.

O garoto se prepara para ouvir longas explicações.

— Me chamam de Nhô Jucá — prossegue o homem. — Nhô Jucá, o eremita. Porque moro sozinho numa cabana isolada no meio da floresta, e não tenho vontade de ver nem de conversar com ninguém. Eu fui poeta de cordel na juventude e fiz muitos versos bonitos, que até tiveram seu sucesso. Mas um dia a mulher que eu amava me largou por outro, e eu me desiludi de tudo. Foi assim que vim parar por aqui. Hoje vivo sozinho, cercado de livros de poesia, e assim me esqueço do mundo.

— Sei — diz Bruno, um pouco impaciente com aquela história de desilusão romântica. — Mas quem é que te mandou pra me ajudar?

— Um anjo. Uma moça bonita e corajosa, de nome Luara. Mas tem gente que a conhece como “a bruxa”.

— A bruxa? — surpreende-se o garoto, lembrando da conversa esquisita que ouviu mais cedo.

— Ela é prima distante desse doutor que está prendendo você. E é a verdadeira dona desta casa.

"Essa história está ficando cada vez mais enrolada", pensa Bruno. "A tal bruxa não tinha morrido?"

— Um tempo atrás os pais dela sofreram um trágico acidente de carro e não sobreviveram. Ela era filha única e não tinha outros parentes, a não ser esse primo Nereu. Um juiz o nomeou tutor da menina, e ele se mudou para cá, onde antes ela morava com os pais. Mas ele logo mostrou as garras.

— Garras?

— Isso mesmo. Assim que ele veio para esta casa, começaram as brigas. Ele queria que Luara aceitasse as secretas e cruéis experiências com animais que ele passou a fazer aqui. A menina protestou e ameaçou denunciar a maldade. Então, ele não viu outra saída: com a ajuda dessa tal de Frida, atraiu a garota para a beira do rio e os dois a empurraram na correnteza. Ela bateu com a cabeça numa pedra e acabou afundando.

— Mas não morreu...

— Não. Foi salva pelas ondinas, que a tiraram do rio.

— Ondinas? — estranha Bruno, que não tem a menor ideia do que seja isso.

— Sim, elementais das águas. Luara tem o poder de ver e conversar com os seres da floresta. E é por isso que a chamam de "bruxa".

O garoto desanima. Está lidando com um maluco! Ondinas, elementais, seres da floresta... está na cara que o sujeito não bate bem. Mas ele é sua única esperança! Então resolve esquecer essa parte da conversa e voltar direto ao que interessa.

— Tá certo — finge concordar, para não contrariar o homem. — Mas como vão fazer pra me tirar daqui?

Nhô Jucá não tem tempo de responder. Os superouvidos de Bruno captam um barulho suspeito:

— Caraca, vem alguém aí — sobressalta-se o garoto, percebendo que são passos. — Ainda está meio longe, mas é melhor se mandar daqui rápido!

— Volto amanhã! — diz Nhô Jucá, ao se afastar, apressado.

Mas ainda tem tempo de acrescentar:

— Até lá, tudo depende só de você: é bom se virar para não perder o jogo antes da hora!

XIV. Indo ainda mais fundo

Algum tempo depois que o homem vai embora, Bruno percebe que os passos que ouvira se aproximam cada vez mais. É quando uns sussurros que vêm lá de fora chegam aos seus superouvidos, através do respiradouro do quarto:

— Não falei que não tinha ninguém, doutorr?

— Mas eu estava certo de ter visto um vulto perto da casa!

— É que o senhorr anda muito estrressado.

— Está bem — concorda ele. — Me desculpe por tê-la acordado. Sei que vai levantar cedo amanhã.

— É — responde *fraülein* Frida, sem esconder uma certa irritação. — Dentrro de poucas horras já tenho que estarr lá com o rapaz. Vamos começarr a piorr parrte do jogo.

FASE 7— O SEXTO CÍRCULO DO INFERNO

Além do portão da muralha, que era de onde tinham vindo os horrorosos lamentos que o garoto e o sábio escutaram antes, há uma cidade de pesadelo, em que o sofrimento mais pungente se espalha por toda parte.

Caminhando por uma trilha escura, eles alcançam um interminável cemitério, onde todos os milhares de sepulturas estão abertos, exalando podridão. Dentro de cada uma delas jazem vários cadáveres, que se consomem em brasas ardentes.

E aí começa a luta de Bruno. Um dos esqueletos descarnados o alcança pelo tornozelo e o puxa para dentro do túmulo, onde ele começa a se queimar todo, no mesmo fogo que tortura os outros.

O jogador precisa vencer a força descomunal dos vários defuntos que tentam empurrá-lo para o fundo da cova, impedir que o fogo o queime até à morte e ainda conseguir sair da tumba, se quiser passar para a próxima fase.

O cenário é invadido por mais gritos de pavor, que se misturam ao barulho dos ossos se chocando no meio da batalha e ao crepitar das labaredas inclementes. Mas ainda é possível para o garoto ouvir as explicações do mestre:

Dos hereges esta é a sorte
E também dos materialistas
Que não creem que após a morte
Nossa alma ainda resista.

Bruno já estava quase desistindo, mas a bondosa voz do sábio lhe dá forças para lutar mais. Então, usando seus superolhos, ele enxerga um osso de fêmur que está por ali dando sopa e começa a usá-lo para golpear os esqueletos que o atacam. A disputa é dura, já que é preciso vencer um por um, e eles são muitos.

No final, e depois de vários sustos horríveis, acaba conseguindo abater todos, mas ainda precisa escapar da cova sem se queimar. Então usa os crânios destroçados como uma macabra escada e consegue sair ileso, embora meio chamuscado.

É recebido com alegria pelo mestre negro, e ambos comemoram dando soquinhos no ar. Já podem passar para a próxima fase: o macabro Sétimo Círculo.

FASE 8 — O SÉTIMO CÍRCULO DO INFERNO

Seguem por um caminhozinho à esquerda, que vai dar em um fosso profundo, de ar ainda mais espesso e malcheiroso. Lá fica um vale horrendo, por onde corre um inacreditável rio de sangue fervente, repleto de espectros semissubmersos em suas águas vermelhas e densas.

O jogador, sempre andando devagar e muito atento, repara que alguns estão mergulhados até o peito; outros só ficam com a cabeça de fora, e outros ainda só com a testa. Mas todos se debatem muito, tentando desviar de flechas mortais disparadas de uma das margens do rio.

E é aí que mora o perigo. Além de um touro com forma semi-humana, que morde as próprias mãos de raiva e escoiceia enlouquecido, nessa margem há um rebanho de bizarras criaturas metade homem e metade cavalo. Armadas com poderosos arcos, elas galopam de um lado para o outro, enquanto lançam flechas certeiras contra as infelizes almas do rio de sangue.

Mas logo três dessas criaturas se destacam do bando e, assim que avistam Bruno e seu mestre, começam a mirar também neles e a disparar furiosos dardos envenenados em sua direção. Os dois acabam não tendo escolha a não ser fugir, enquanto tentam desesperadamente se esconder em algum lugar.

E o sábio vai correndo e explicando:

Aqui ficam assaltantes
Assassinos e tiranos
Que nunca pensaram antes
Nos que sofreram seus danos

As flechas vão zunindo por cima de suas cabeças, e eles vão se defendendo como podem: abaixam atrás de grandes pedras, usam pedaços de madeira como escudo, deitam no chão para não serem atingidos. Os superouvidos de Bruno o ajudam bastante na complicada tarefa, ao captarem com precisão e rapidez os zunidos das flechas que cortam o ar.

Até que, depois de um tempo interminável de desabalada corrida e rápidos desvios (além de alguns tropeços inevitáveis), conseguem ficar fora do alcance dos homens--cavalo; só com algumas feridas de raspão.

É quando ouvem lamúrias e lamentos terríveis, mas não descobrem de onde eles vêm. Só então percebem que chegaram a uma floresta muito sinistra, cheia de árvores retorcidas e espinhentas, cujos galhos secos servem de poleiro a gigantescas aves.

Aves? O garoto tem que olhar de novo. Não são exatamente aves. São estranhíssimas mulheres com asas, bico e patas de pássaro, que passam o tempo todo bicando os ressequidos galhos onde estão pousadas, fazendo as árvores gemerem dolorosamente e verterem sangue negro.

Recuperando o fôlego, o velho poeta esclarece:

Cada árvore é um suicida

Plantado em selva de dor

Tendo desprezado a vida

Vive neste eterno horror

Um farfalhar escandaloso chama a atenção de Bruno. É que algumas das enormes mulheres-aves levantaram voo de seus galhos e agora começam a persegui-lo impiedosamente, tentando bicar sua cabeça e seu rosto.

Não é fácil escapar dos voos rasantes, dos bicos afiados e das garras que tentam erguê-lo do solo, mas recomeça a correr com todas as suas forças, e um pouco depois enxerga um enorme areal, que acaba sendo sua salvação.

Vê um grande monte de areia seca e fofa bem à sua frente, e nele mergulha, prendendo a respiração. Escondido ali, não é mais visto pelas bizarras mulheres aladas, que acabam indo embora em meio a uma nuvem de penas pretas.

O sábio o ajuda a levantar-se do chão, e ambos reiniciam a jornada atravessando aquele extenso deserto infernal. Que, aliás, não é um deserto como outro qualquer, mas um deserto incandescente.

Espalhados por lá, vários grupos de almas nuas choram em desespero. Enquanto umas ficam deitadas de costas no chão ardente, outras caminham, eternamente sem rumo, sob uma implacável chuva de fogo, que se precipita sobre a areia e produz faíscas que abrasam o chão.

O sábio começa a explicar:

Os que foram violentos
Contra Deus e a natureza
Passam muitos maus momentos
Do fogo não têm defesa

Mas não dá para continuar falando, já que os dois têm que escapar logo dessa chuva cáustica, que cai lenta como flocos de neve em um dia sem vento. E o único jeito é montar num monstro medonho que surge de repente, oferecendo-se para levá-los para longe dali. O monstro tem cabeça de homem, tronco e garras de fera, além de asas poderosas e uma compridíssima e bifurcada cauda de escorpião.

O garoto hesita um pouco, mas segue o velho sábio quando ele pula sobre o lombo do monstruoso ser. Então eles partem pelos ares abafados, voando vagarosamente, até que pousam num abismo ainda mais profundo e tenebroso que os outros.

Acabam de chegar ao inacreditável Oitavo Círculo.

XV. Uma questão elementar

Apesar de sua superaudição, Bruno quase não ouve a ordem de *fraülein* Frida: — Vamos darr um *pause* agorra, que já está na horra do jantarr.

Ele está praticamente em transe, tão completamente envolvido pelas trepidantes emoções do jogo, que o mundo real parece ter desaparecido por completo.

Com grande esforço transporta a mente de volta para a realidade concreta, dá o *pause* como a alemã mandou, solta lentamente o *joystick* abrindo os dedos tensos e se dá conta de que passou o dia inteiro jogando.

— Que horas são? — pergunta, dando uma espreguiçada comprida.

— Devíamos terr parrado antes — responde a mulher, que pelo jeito também se deixou envolver pelo emocionante enredo do jogo.

O garoto olha o relógio e constata que nem viu o tempo passar.

Agora precisa livrar-se rápido da alemãzona, antes que chegue a hora da vinda de Nhô Jucá.

○ ○ ○

Mas dá tudo certo.

Fraülein Frida já saiu há um bom tempo quando o garoto ouve passadas distantes e reconhece o caminhar cauteloso do homem que se aproxima. Em poucos minutos estão conversando pelo buraco do respiradouro.

— E aí? — preocupa-se Bruno. — Já tem ideia de como me tirar daqui?

— A menina Luara está resolvendo isso — responde Nhô Jucá, parecendo bem tranquilo. — Ela tem amigos poderosos.

O garoto está quase perdendo a paciência:

— Acho que você não está entendendo — diz meio entre os dentes. — Eu preciso fugir rapidinho, antes que rachem minha cabeça ao meio pra costurar um troço nos meus miolos!

— Calma! Ela me pediu pra te contar sobre os planos.

— Que planos?

— Pra começar, amanhã de manhã, quando o médico e a tal Frida chegarem aqui, vai ter alguém espiando os números que eles vão colocar naquele aparelhinho que abre o alçapão.

Bruno lembra do painel eletrônico camuflado embaixo dos arbustos.

— Alguém quem? — ele ri, de nervoso. — Você acha que aqueles dois são idiotas? Acha que vão deixar alguém chegar perto pra ver a senha?

— Mas eles não vão perceber nada.

O garoto se preocupa ainda mais. Aquele cara deve ser mesmo maluco. Começa a ter uma inquietante suspeita: se ficar dependendo dele, vai acabar se ferrando de vez!

— Ah, não vão perceber? — ironiza. — E pode me dizer como é que a "menina Luara" vai conseguir isso?

Nhô Jucá hesita um pouco. Parece em dúvida sobre se deve ou não falar. Mas afinal se decide:

— Os gnomos vão fazer o serviço. Eles são completamente invisíveis para quem não acredita neles.

O garoto quase tem um ataque. Gnomos?!?

— Está curtindo com a minha cara? — irrita-se. — Isso não é hora pra brincadeira. Eu estou correndo risco de vida!

— Você também pode não acreditar, mas os gnomos existem mesmo. São seres elementais da terra, assim como as salamandras são do fogo, os silfos são do ar e as ondinas, das águas.

Faz uma pausa, pigarreia um instante e continua:

— Aliás, você tem sorte: todos eles aceitaram te ajudar. A pedido da menina Luara, é claro.

— Não estou achando engraçado...

— Não temos tempo pra ficar aqui discutindo. Só vim te falar sobre os planos.

— Sei — diz Bruno, cada vez mais irônico e desesperado. — E depois? Vou voltar pra casa montado no Pégaso?

O homem ignora calmamente a provocação:

— Já sabendo os números, à noite eu venho te soltar. Você vem comigo e passa a noite escondido na floresta. No dia seguinte andamos uns poucos quilômetros e depois descemos o rio de caiaque até Vale Azul, que é a cidadezinha mais próxima. De lá, você pode pegar um ônibus e ir embora.

— Essa parte aí até que está razoável — comenta o garoto, ainda com um tonzinho de deboche. — Mas quem garante que aqueles dois não vão me pegar antes de eu chegar a algum lugar onde possa pedir socorro?

— Se eu disser, você não vai levar a sério.

— É, acho que não. Mas você pode tentar.

— Bom, o Povo Pequeno vai acompanhar você o tempo todo. Desde a hora em que eu vier aqui te libertar, até você estar completamente a salvo.

— Povo Pequeno?

— É, os seres da floresta. Esses elementais amigos da menina Luara.

Bruno não sabe se chora ou se cai na risada. Porque percebe que sua esperança de escapar daquela dupla de cientistas alucinados está se desmanchando no ar.

Mas tem plena consciência de que não pode simplesmente brigar com o cara e mandá-lo embora, como tem ímpetos de fazer. Afinal, aquele tal de Nhô Jucá continua sendo a única pessoa no mundo que sabe que ele está ali, e portanto a única que pode fazer alguma coisa por ele. Mesmo sendo completamente doido!

— Tá bem — ele tenta acomodar as coisas, com a intenção de não perder contato com o homem —, vamos fazer o seguinte: amanhã você volta aqui a esta mesma hora, mesmo que esses... ahn... gnomos... não consigam lhe fornecer a senha, tá?

O garoto está planejando ganhar tempo, para poder ele mesmo pensar num plano de fuga. Até ali (burramente, como ele próprio reconhece) ficou esperando que outras pessoas resolvessem seu problema. Mas agora está vendo que isso não vai ser possível, já que está mais do que na cara que o sujeito não regula bem.

Além do mais, Bruno sabe que tem que pensar e agir bem rápido, porque o jogo — se ele conseguir chegar até lá — deve estar muito próximo do fim.

— Combinado — responde Nhô Jucá, muito sereno, interrompendo esses aflitos pensamentos. — Até amanhã, então.

XVI. As dez valas infernais

— Vamos entrrarr na penúltima fase do jogo, que é a mais desafiadorra de todas até aqui — avisa *fraülein* Frida, antes de recomeçarem o *videogame* na manhã seguinte. — E agorra as coisas vão mudarr um pouco.

Bruno se prepara para momentos difíceis. Sabe que tem que vencer aquela fase de qualquer jeito. Só assim poderá adiar a cirurgia no cérebro por mais um dia, e desse modo ganhar tempo para tentar uma fuga.

Ele está visivelmente aflito.

— O jogadorr e seu mestrre — continua a alemã, ignorando a sua evidente aflição — vão terr que embarrcarr numa espécie de vagão de trrem-fantasma e conduzi-lo em espirral pelo Oitavo Círrculo do Inferrno, rumo ao poço que há lá embaixo. Vamos verr se conseguem chegarr.

FASE 9 — O OITAVO CÍRCULO DO INFERNO

O lugar é realmente surreal, e Bruno está impressionado. Circundando um poço profundo, há dez valas concêntricas e escuras, cada uma mais baixa que a anterior, todas formadas por paredões de pedra enferrujados e ligadas por pequenas e inseguras pontes.

O garoto e o poeta devem percorrer vala por vala, dirigindo com perícia o vagão sem capota, descendo sempre em direção ao poço, e sem deixar que o vagão tombe ou sofra algum acidente sério.

Caso sejam malsucedidos... *game over*! — e logo agora, que estão tão perto de chegar ao final!

Concentradíssimo e cruzando os dedos, Bruno assume a direção do vagão e dá a partida. Assim que descem à primeira vala — e enquanto não começa o horror que virá —, o sábio aproveita para comentar:

É neste lugar de perigos
Que penam os fraudulentos
Gente que enganou amigos
Sem ligar pros seus tormentos

Mas não consegue recitar uma segunda estrofe. O vagão chega sacolejando a um lugar enfumaçado, onde centenas de diabos ensandecidos chicoteiam prazerosamente uma interminável fileira de almas nuas e desesperadas, que tropeçam e berram de dor.

E mal esses seres malignos avistam Bruno e seu mestre, disparam a persegui-los de chicote em punho, querendo obrigá-los a descer do vagão e também entrar na tétrica fila. Os dois têm então que fugir rapidamente, atropelando vários outros diabos furiosos que atravessam seu caminho, até conseguirem cruzar uma pontezinha que leva à segunda vala.

Lá a imundície domina tudo. Num verdadeiro mar de fezes putrefatas, uma legião de pecadores enojados resfolega, tentando respirar um pouco naquele ambiente irrespirável. É aí que o jogador, já bem tonto pelos vapores tóxicos, precisa evitar que o vagão despenque no esgoto asqueroso, porque uma queda ali significaria o fim do jogo.

Então dá guinadas à esquerda e à direita e freia bruscamente para não bater de frente em montanhas de fezes endurecidas, o tempo inteiro com aquelas almas sufocadas tentando empurrá-los com as mãos pegajosas.

Mas consegue manter o vagão equilibrado na beirada e vai em frente, nariz tapado para aguentar o vapor fétido. E, só depois de muitos sobressaltos e derrapadas, acabam conseguindo atravessar a ponte que leva à terceira vala.

E que é mais horrível ainda. Fincados na terra de cabeça para baixo, com apenas as pernas de fora, há sofredores com as solas dos pés sendo eternamente lambidas por labaredas de fogo. O garoto precisa passar no meio daquela bizarra plantação de pernas agitadas sem que o vagão seja atingido pelas chamas, o que é praticamente um milagre.

Mas pode contar com seus superolhos, que ajudam bastante a perceber a direção exata em que o fogo é soprado. Muitas vezes sente o calor das labaredas perigosamente próximo, porém consegue desviar no último instante.

E os dois acabam finalmente alcançando, embora com grande risco de despencar no vazio, a ponte destroçada que conduz à quarta vala.

Nesse lugar assistem a uma cena espantosa: uma multidão em prantos amargurados caminha em procissão, mas suas lágrimas escorrem pelas costas. É que todos têm o pescoço torcido e a cabeça virada para trás, assim só podem caminhar de ré.

O vagão tem que passar, também de ré e sem atingir ninguém, bem pelo meio da multidão compacta. O pior é que as pessoas, meio cegas pelas lágrimas, não olham por onde andam, e é preciso dirigir em zigue-zague para não acabar atropelando alguma. A missão exige grande habilidade do motorista e seu guia, mas novamente eles conseguem vencer e então ficam aptos a descer à escuridão abissal da quinta vala.

Nesse caldo incandescente
Quem foi corrupto é fervido
Pois quem rouba, engana e mente
Merece ser bem punido

E pra esses cavalheiros
Não é outro o triste fim
Pois era só lhes dar dinheiro
E qualquer "não" virava "sim"

Mal o poeta termina de descrever em versos a miserável situação dos habitantes da vala de número cinco, o garoto percebe que o lugar está repleto de demônios terríveis. E mais: por todo lado há engravatados em completo pânico, mergulhados até o pescoço em piche fervente, enquanto diabretes usam arpões pontiagudos para obrigá-los a ficar submersos.

Assim que o vagão faz a primeira curva, uma revoada de diabos chifrudos e alados invade o cenário, levantando poeira quente e apontando seus garfos em brasa para os recém-chegados. O jeito é fugir acelerando ao máximo, mas os satânicos personagens não desistem fácil. Então o jogador é obrigado a dar um estrondoso cavalo de pau e mudar repentinamente de direção, enganando os demônios ao embicar o vagão na direção da sexta vala.

Que é onde eles veem milhares de espectros usando pesadíssimas roupas de chumbo revestidas de ouro por fora. Os coitados mal conseguem se arrastar, entre gemidos e choros. E todos querem pegar carona no vagão que passa com Bruno e seu mestre, para evitar continuar a pé rebocando peso tão insuportável.

Então se agarram como podem às bordas do vagão, procurando pular para dentro de qualquer jeito. A confusão é enorme: o garoto vira o volante de um lado para o outro, para tentar se desvencilhar dos que estão grudados feito carrapatos e impedir que outros mais tentem subir. O vagão cambaleia loucamente e quase vira encosta abaixo, até que o jogador-motorista finalmente recobra o controle e consegue ir adiante sem carregar ninguém.

A passagem pelas próximas três valas também promete ser bastante complicada, porque aqui se inicia uma verdadeira corrida de obstáculos.

Na sétima vala, pecadores atordoados são picados por serpentes venenosas, o que faz com que eles peguem fogo e se transformem em cinzas, renascendo delas como fênix e começando tudo de novo.

Já na oitava, corpos em chamas andam a esmo pelo cenário: cada um é um espírito envolvido em fogo, sendo torturado por labaredas impiedosas por toda a eternidade.

A nona vala é cheia de mortos-vivos mutilados, permanentemente esfaqueados por demônios com longas espadas — há pedaços de membros e de vísceras humanas espalhados pelo chão, e até um infeliz degolado que carrega, pelos cabelos, a própria cabeça pendurada em uma das mãos.

Serpentes, chamas ambulantes e mortos-vivos fazem de tudo para barrar a passagem do jogador e seu guia. Enroscam-se em bandos na frente do carro e tentam picá-los, incendeiam a vegetação para ofuscá-los com o fogo e a fumaceira, formam grandes barreiras na estrada usando macabras pilhas de órgãos humanos, e tudo isso sem que seja possível deter os dois.

Os supersentidos de Bruno funcionam direitinho, e ele — que além do mais tem uma enorme prática em jogos de corrida desse tipo — consegue chegar são e salvo à última vala do Penúltimo Círculo do Inferno. Então, suspira aliviado e tenta recuperar o fôlego, enquanto o mestre o aplaude de pé.

Mas essa fase ainda não chegou ao fim, já que eles ainda não alcançaram a borda do poço.

Agora adentraram a décima vala, e o cheiro ali é nauseante. Descem do vagão, já que a corrida acabou mesmo, e percorrem a pé o cenário horroroso.

Todos os habitantes dali estão terrivelmente doentes e soltam gritos lancinantes de dor. Seus corpos podres e deformados largam pedaços de carne decomposta por onde passam. E o jogador sabe que essa podridão é contagiosa: se algum desses desgraçados conseguir tocá-lo, ele será contaminado e não terá forças para prosseguir no jogo. Precisa fugir sem deixar que se aproximem e então começa a correr montanha abaixo, com centenas de espectros apodrecidos em seu encalço.

Depois de algum tempo de perseguição implacável, os perseguidores acabam desistindo. É que Bruno e seu mestre atingiram a borda do poço, que é a fronteira de um lugar tão terrível que até mesmo aqueles infelizes preferem voltar dali.

Os dois estão agora entrando na última fase do jogo, e falta muito pouco para o glorioso final. Mas chegou a hora de encarar o maior de todos os desafios: o indescritível Nono Círculo do Inferno.

XVII. Esperando Nhô Jucá

— Então continuamos amanhã — despede-se *fraülein* Frida, depois de ter deixado o jantar sobre a mesa do quarto. — Prrocurre dorrmirr dirreitinho, porrque a última fase do jogo é a piorr de todas.

Bruno finge que já vai se deitar, mas na verdade espera ansiosamente a chegada de Nhô Jucá, que prometeu aparecer com a senha da abertura do alçapão fornecida por... gnomos!

É claro que o garoto não acredita nessa besteira de gnomos, mas já bolou um plano alternativo para tentar escapar dali. Vai pedir ao sujeito que telefone de algum lugar para seus pais — que, a esta altura, sem terem recebido nenhum sinal de vida dele, devem estar preocupados — e peça que eles venham resgatá-lo acompanhados da polícia. Não sabe como não teve essa ideia antes!

Também é claro que aquele lugar é meio difícil de encontrar, não tem um acesso nada fácil, mas é só Nhô Jucá explicar como chegar ali, contar como sua situação é grave, e eles podem inclusive vir num helicóptero da polícia... quem sabe? Bruno está cheio de esperanças.

E ainda tem um dia inteiro pela frente. Ou seja, tempo suficiente para o cara achar um telefone, falar com seus pais, e de eles poderem chegar no momento certo para evitar uma tragédia daquelas... o filho ser operado no cérebro por um médico sem escrúpulos, a serviço de uma multinacional criminosa.

Mas os minutos começam a se arrastar sem que Nhô Jucá apareça. E o garoto se pega preocupado: será que ele se zangou com suas ironias a respeito dos tais seres elementais? Será que desistiu de ajudá-lo? Se for isso, aí é que ele está ferrado mesmo. Afasta essa ideia da cabeça e aguça os superouvidos.

E então começa a escutar, ainda ao longe, ruídos que parecem passos. Presta ainda mais atenção: são passos, sim, mas há mais de uma pessoa se aproximando. Será que a tal "menina Luara" resolveu vir junto desta vez?

Bruno fica alguns minutos em suspense, até que os passos vão ficando cada vez mais próximos. Está tão ansioso que já vai chamar pelo homem, mas toma um grande susto ao reconhecer uma certa voz:

— Continuo não acreditando que tem alguém rondando porr aqui... mas já que o senhorr insiste, vamos averriguarr melhorr.

Caraca! É *fraülein* Frida! E está acompanhada pelo dr. Nereu!

— Estou certo de ter visto uma sombra muito suspeita saindo de trás da casa ontem à noite — afirma o médico, peremptório. — Estava fechando as cortinas do meu quarto, dei uma olhadinha para fora... e lá estava ele!... um vulto escuro se esgueirando em direção ao mato.

— Mas não há sinal de nada estrranho porr aqui — argumenta a alemãzona. — Deve terr sido um animal silvestrre.

— Não é nada bom arriscar logo agora, que a hora da cirurgia está chegando. Acho melhor vigiar o rapaz. Alguém pode tentar estragar tudo, e isso não podemos permitir.

— O que prretende fazerr, doutorr?

— Hoje você dorme no laboratório, e eu fico aqui fora vigiando. Amanhã o jogo termina, e no dia seguinte, bem cedo, realizamos imediatamente a cirurgia.

Horrorizado, Bruno ouve o alçapão se abrindo e a mulherona descendo as escadas que dão no laboratório. O médico deve estar de plantão lá fora, exatamente como disse que ficaria. A noite toda. Nhô Jucá não vai poder aparecer!

E as horas custam a passar. Deitado na cama, Bruno se vira de um lado para o outro, sem conseguir pegar no sono. *Fraülein* Frida está bem ali, do outro lado da porta trancada do quarto, dentro do laboratório, montando guarda feito um pastor alemão. Vindos do lado de fora, ele ouve os passos nervosos do médico. E — claro! — nada de Nhô Jucá.

Como não podia deixar de ser, a noite se arrasta como um assustador pesadelo. A única chance que o garoto tinha — e à qual havia se agarrado como um náufrago se agarra a um pedaço de madeira — acaba de afundar de vez.

○ ○ ○

— Bom dia! — ele acorda com o vozeirão da mulherona. — Dorrmiu bem?

Bruno não consegue acreditar: estava tão exausto pelas aventuras do Oitavo Círculo do Inferno, que acabou pegando no sono, apesar das angustiantes preocupações que torturavam sua mente. E agora já amanheceu, Nhô Jucá não apareceu (na certa porque viu o médico vigiando a casa), e ele simplesmente não sabe o que fazer.

— Vamos tomarr café, parra recomeçarrmos o jogo? — convida *fraülein* Frida, parecendo tão contente que sua voz está até um pouco simpática. — Acho que não é prreciso lembrrarr que hoje finalmente terrminarremos mais esta etapa dos testes.

O garoto sente um súbito calafrio. Ganhando ou perdendo, já sabe que não tem escapatória: vão operar sua cabeça amanhã de manhã. E não vai haver tempo para pedir que Nhô Jucá procure seus pais ou para tomar qualquer outra providência!

— Bom dia a todos — o dr. Nereu acaba de entrar no quarto. — Acho que preciso dormir um pouco — boceja ele, com a cara meio amassada e ostentando profundas olheiras.

— Clarro, doutorr — concorda imediatamente a alemã. — O senhorr passou a noite toda aí forra?

— Como disse que faria, *fraülein*. Para assegurar que nada vá estragar nosso projeto. E parece que tudo correu bastante bem.

Ela se mostra satisfeita:

— Sem dúvida. Agorra pode deixarr comigo, que eu cuido de tudo porr hoje. O senhorr prrecisa descansarr bastante, parra estarr bem em forrma amanhã.

Ao que ele completa, com um sorrisinho cúmplice:

— Nós três precisaremos estar!

XVIII. Além das trevas

Fase 10 — O Nono Círculo do Inferno

Bruno e o velho mestre descem apressados em direção ao poço, que fica ainda mais lá no fundo. Está tudo incrivelmente escuro e nublado; mesmo com os superolhos do garoto, ali não se enxerga um palmo adiante do nariz.

Mas de repente eles ouvem o som estrondoso de uma trombeta, que mais parece um trovão, e que atinge com inesperada violência os ouvidos supersensíveis de Bruno. O sobressalto é grande, e ele acaba caindo no chão. Porém logo se recupera e se levanta, sempre amparado por seu guia. Está pronto para prosseguir no jogo.

E eles ainda não viram nada: logo adiante avistam-se vultos gigantescos, que de início parecem as torres de uma cidade, mas que logo começam a se mexer de uma forma muito bizarra. Prestando atenção e forçando bastante os superolhos no meio da neblina espessa, agora dá para o jogador entender que não são torres, mas sim seres colossais, gigantes tão altos que, apesar de estarem de pé dentro do poço lá embaixo, ficam com parte dos enormes corpos na altura em que os dois estão andando agora.

Então os gigantes se colocam na frente do jogador e do sábio, tentando barrar sua passagem e acabar com eles de uma vez. Um desses colossos grita frases em uma língua desconhecida, e outros têm os braços acorrentados, mas as pernas livres para andar. Cada passo dos monstruosos personagens provoca um terremoto no cenário, e os caminhantes têm que se segurar para não despencar no poço, além de terem que se esquivar agilmente dos ataques dos grandalhões.

Os dois estão ficando encurralados, e o jogo parece que vai acabar ali mesmo, com os gigantes esmigalhando Bruno e seu mestre impiedosamente contra o paredão de rocha.

E é só no último segundo de absoluto terror que um dos monstrengos surpreende a todos, estendendo suas mãos para que as apavoradas quase vítimas subam nelas. É aí que o garoto — embora a princípio bastante indeciso — acaba seguindo o sábio quando ele pula para a palma estendida do gigante.

O suspense é grande: o que será que vai acontecer agora? Estão os dois nas alturas, indefesos e insignificantes, totalmente à mercê dos caprichos daquela figura descomunal. Entretanto, apesar do clima de medo — e para completa surpresa de Bruno —, o gigante os equilibra gentilmente entre os dedos e os pousa com suavidade na margem do poço, antes de virar-se e ir embora.

Nesse instante um frio impressionante varre o cenário, e o jogador percebe que estão no centro da Terra. Ao contrário do ambiente calorosamente infernal dos outros círculos do Inferno, aqui no Nono Círculo reina o gelo absoluto.

Finalmente nós chegamos
Bem ao fundo do Universo
E os traidores achamos
Neste gelo submersos

Ouvindo as palavras do amigo poeta, o garoto olha em volta e só vê choro e lamentações. Um inacreditável rio congelado, onde deságua o sangue que corre nos outros rios do Inferno, espalha-se por todo lado.

Nele estão mergulhadas almas desgraçadas e roxas, que tremem de frio sem parar. Algumas já perderam orelhas, nariz e lábios, que gangrenaram pelo congelamento e que não fazem mais parte de suas caras esburacadas.

E agora, o mais difícil: o jogador precisa atravessar toda a extensão do rio, sem pisar ou chutar nenhum daqueles infelizes, e sem que a superfície de gelo se quebre com seu peso. Porque, caso atinja alguém ou acabe submergindo na água gelada, o jogo acaba por aí mesmo. Bruno sabe que tem que ser muito hábil, mas não admite a hipótese de perder. Então, ajeita o *joystick* mais confortavelmente na mão e se prepara para uma dura batalha.

O começo até que é fácil. Os primeiros traidores submersos naquele rio de sangue congelado estão afundados apenas até a cintura, o que deixa de fora seu peito e sua cabeça. O jogador, apesar da neblina densa e embora andando com extremo cuidado para não pisar em alguma área mais frágil do gelo, consegue enxergar os vultos e ir desviando deles com relativa facilidade.

Mas as coisas vão ficando mais e mais complicadas. Nesse trecho do rio, em que o garoto agora vaga semicego em meio à névoa compacta, as almas estão submersas até o pescoço — o que torna quase impossível não atingir alguma, já que é difícil percebê-las na penumbra. Mais adiante, só os angustiados rostos assomam à superfície, fazendo as coisas ficarem ainda piores.

Porém, sempre ajudado por seus supersentidos, o jogador caminha o mais cuidadosamente que pode, conseguindo evitar que seus pés tropecem numa daquelas grotescas cabeças que brotam do gelo. Apesar disso, seus passos lentos por vezes trincam a superfície enquanto ele passa, o que torna tudo realmente muito perigoso.

Para piorar, um vento inclemente e gélido começa a soprar. São rajadas tão impetuosas que ameaçam derrubá-lo e atrapalham demais sua caminhada pelo chão congelado. Ele então olha em frente e toma um susto medonho: um horrendo ser, meio humano e meio morcego, agita vigorosamente suas imensas asas e com isso provoca esse violento furacão glacial.

A horrível criatura tem três caras de cores diferentes em uma só cabeça, e todas são igualmente pavorosas. De seus seis olhos descem lágrimas que se misturam a uma baba sanguinolenta escorrida de suas três bocas — em cada qual, com dentes afiados, ele tritura sem dó um pecador que se debate inutilmente e uiva de horror.

E, mesmo diante de cena tão dantesca, o poeta ainda encontra ânimo para informar:

Das trevas, este é o rei

Dos diabos, o mais sagaz

No Inferno, ele é a lei

Só pode ser: Satanás!

Mas toda aquela explicação, por si só, não resolve o problema de Bruno, pois ele mal acaba de conseguir vencer os perigos do rio e já tem atrás de si o diabão — que se põe a caçá-lo como a um bicho, a fim de também moê-lo com os dentes.

O jogador, então, só encontra uma saída: abraçado a seu mestre, salta para as costas do demônio e agarra-se a seus pelos espinhentos, baixando aos poucos em direção a uma parede de pedra, onde há uma pequena abertura.

Ambos escorregam por essa estreita passagem, acompanhando o som de um riozinho invisível, e subitamente enxergam milhares de estrelas brilhando no céu. É quando uma música harmoniosa e doce vai invadindo aos poucos o cenário, que se enche de cores radiosas, transformando-se num lugar iluminado e alegre.

E uma aparição surpreendente completa a aprazível cena: uma linda personagem, de longos cabelos vermelhos e belos olhos cor-de-mel, entra correndo e beija efusivamente o jogador, enquanto na tela se pode ler, em letras garrafais:

Parabéns!!!

Você conseguiu sobreviver ao Inferno, e por isso merece o Céu!

Visivelmente emocionado, o velho poeta negro abraça o avatar de Bruno e encerra o jogo:

Assim acaba esta saga
De coragem e destemor
História que não se apaga
Cujo prêmio é um grande amor

XIX. Surpresas e mais surpresas

— Que marravilha! — comemora *fraülein* Frida, vendo que Bruno zerou[1] o jogo. — Se só com esses *chips* dos olhos e dos ouvidos você já conseguiu esse resultado... imagine quando estiverr com o *chip* cerrebrral!

---

[1] Zerar um *videogame* significa tê-lo completado com sucesso, ou seja, tê-lo vencido.

Apesar da satisfação por ter acabado de vencer um desafio tão difícil, ao ouvir aquilo o garoto sente como se tivesse levado um soco no estômago.

Amanhã mesmo — claro, caso sobreviva à perigosa cirurgia — vai estar com o tal "*chip* cerrebrral", isso se não conseguir fugir dali antes. E tem que reconhecer, desanimado, que essa fuga vai ser quase impossível.

— Vou verr seu jantarr, que você deve estarr morrto de fome — declara a mulher, fazendo um esforcinho para parecer amável. — Depois, é bom aprroveitarr parra descansarr, porrque o doutorr Nerreu querr operrá-lo de manhã bem cedo.

E é aí que Bruno não aguenta mais o nervosismo: sabe que precisa tomar alguma providência, e só resta tentar uma última e desesperada cartada.

Descontrolado como ficou na *lan house*, ele avança com tudo para cima da mulherona, tentando nocauteá-la com socos e pontapés. Usa toda a sua energia, toda a sua vontade de escapar, mas não é nem de longe tão bem-sucedido quanto foi no jogo.

É verdade que no início pega *fraülein* Frida de surpresa, e ela até leva alguns segundos para entender o que está acontecendo e para começar a reagir. Mas, quando começa, não tem para mais ninguém. Sem nem fazer muita força, a alemãzona imobiliza o garoto no chão com uma infalível chave de braço, ao mesmo tempo que pega o interfone e convoca o médico:

— Doutorr, me ajude aqui! O rapaz está tentando escaparr!

E então deita o corpanzil sobre o corpo magrinho de Bruno e põe-se a aguardar pacientemente a chegada do dr. Nereu. Que, aliás, não demora quase nada.

— O que é que está acontecendo? — ele pergunta, furioso, ao entrar no laboratório e se deparar com uma cena tão tragicômica.

Mas nem espera resposta. Os dois pegam o garoto pelas pernas e pelos braços e o arrastam com violência para dentro do quarto.

— Hoje vai ficar sem comer! — decreta o médico, enquanto tranca a porta por fora. — Fazer jejum é até bom para quem vai tomar anestesia!

Bruno está louco de raiva. Ainda chuta a porta do quarto, dá murros irados na parede, pede socorro aos berros. Mas só consegue ficar com a mão e a garganta doendo.

E sabe que não pode fazer mais nada. Então cai na cama chorando, enquanto ouve o alçapão sendo fechado por fora e os passos dos dois ficando cada vez mais distantes.

Agora, só mesmo um milagre vai poder salvá-lo.

— Ei, você está aí? — de repente uma voz familiar ecoa abafada dentro do quarto, vinda do respiradouro próximo ao teto.

O garoto não consegue acreditar: estava tão concentrado no próprio desalento que nem percebeu a aproximação de Nhô Jucá.

— Nhô Jucá? — espanta-se ele, enxugando o rosto com as costas das mãos. — Como conseguiu vir até aqui sem ser visto?

— É que, pelo menos por enquanto, aqueles dois não estão vigiando. Ao contrário de ontem, que não deu nem pra chegar perto.

— É — lembra Bruno, com ar de abatimento. — Eles passaram a noite toda rondando. Mas hoje, não sei por quê, acabaram resolvendo ir embora.

— Então não tem mais ninguém aí dentro?

— Agora não. De que adianta? É tarde demais para tentar alguma coisa...

— É o que você pensa — discorda Nhô Jucá. — E chega de conversa, que vou tirar você desse porão agora mesmo.

O rosto do garoto se ilumina, e ele sente uma pontinha de esperança.

— Sério? Mas como? — pergunta, ainda incrédulo.

— Estou com os números para abrir o alçapão. Eu disse que os gnomos iam descobrir, não disse?

Outra vez aquela história maluca sobre gnomos! Bruno desanima: será que o sujeito tem mesmo a senha? Não será tudo uma grande piração?

Mas a resposta não demora.

Embora o garoto jamais pudesse admitir que aquilo fosse obra de gnomos ou de qualquer outro ser igualmente fantástico, o certo é que alguém forneceu a senha de abertura do laboratório... porque a seguir dá para ouvir o alçapão se abrindo e logo depois os passos apressados de Nhô Jucá descendo as escadas.

— Estou trancado aqui dentro deste quarto! — grita Bruno, agradavelmente surpreso ao constatar a inesperada entrada do homem.

— Vim preparado pra isso também. Espere aí, que eu já vou arrombar.

Depois de alguns minutos de tentativas, a porta finalmente se escancara com estardalhaço. E o garoto vê um homem negro e idoso, de cabelos bem brancos e ar simpático, que entra no quarto com um sorriso nos lábios e um enorme pé de cabra na mão.

— Prazer, sou Nhô Jucá — diz ele, apressado. — Mas acho que a gente pode deixar as apresentações pra depois.

Bruno concorda na hora, enquanto se pergunta se já não o conhece de algum lugar:

— Claro, não podemos perder mais tempo. Nunca se sabe quando vai aparecer alguém.

E tratam de ir saindo rapidinho, antes que as coisas se compliquem de vez. Então atravessam correndo o laboratório, em instantes alcançam as escadas do alçapão, e, finalmente, se veem do lado de fora. O alívio é geral.

A noite está clara e fresca: uma robusta lua cheia se exibe no céu, espalhando seu brilho pelas copas das árvores, cujas folhas cintilam sob a brisa suave do início do outono.

— Por aqui — chama Nhô Jucá, indicando a direção da floresta.

E o garoto segue depressa atrás dele, começando a embrenhar-se na mata, com a certeza de ter conseguido escapar.

Mas logo descobre que ainda é cedo para cantar vitória. Mal estão a alguns metros da casa, duas sombras escuras surgem de repente no caminho, e uma voz autoritária se faz ouvir em meio ao barulho da cachoeira:

— Aonde pensam que vão?

Bruno e Nhô Jucá se viram, assustados, e dão de cara com o dr. Nereu e *fraülein* Frida; o médico com um revólver na mão, e ambos espumando de tanta raiva.

— Querro dizerr — corrige-se a alemãzona, entre os dentes —, aonde pensavam que iam?

XX. A CAVERNA DA BRUXA

— Mas vejam só — ironiza o dr. Nereu, enquanto a mulher joga um facho de luz de lanterna na cara dos dois. — Não é que temos companhia? Quer dizer que o nosso eremita, aquele que não quer ver nem falar com ninguém, que vive sozinho com seus ridículos livros de poesia, também está metido nessa tentativa de fuga?

Fraülein Frida está irritadíssima:

— Então, não achou suficiente se meterr nos nossos assuntos com a brruxa? Isso já é perrseguição!

Nhô Jucá não abre a boca para dizer coisa alguma. A brisa fresca continua a balançar levemente as folhas das árvores. E o médico emenda:

— Nós cansamos de avisar você que fosse tomar conta da sua própria vida. Agora, não pode reclamar que não teve chance. Já tivemos paciência até demais...

Horrorizado, Bruno entende claramente o que está prestes a acontecer. Enquanto a mulherona o segura pela camisa, o dr. Nereu engatilha a arma e aponta enfurecido para Nhô Jucá.

E tudo se passa em poucos segundos, embora para o garoto tenha parecido uma eternidade: um súbito e violento pé de vento sacode os galhos de uma mangueira alta, fazendo despencar de lá uma espécie de bola escura, que se espatifa no chão com um barulho seco.

E dessa bola escura — que agora dá para ver que é uma grande colmeia — saem voando centenas de abelhas estonteadas, que começam a atacar com toda a fúria.

— Corra! — grita Nhô Jucá para o garoto, em meio aos zumbidos atordoantes.

Então os dois aproveitam a grande confusão que se forma: o médico e a mulherona, ocupados em defender-se das ferroadas, são obrigados a deixar cair a arma e a lanterna, e — cercados por aquele enxame ensandecido — se debatem completamente sem ação.

Eis a oportunidade de escapar. O garoto e o velho saem correndo pelo mato, até alcançarem, ofegantes, a beira do lago da cachoeira.

— Venha comigo e tome cuidado pra não escorregar na água — diz o eremita, ao adentrar o lago caminhando cauteloso sobre algumas pedras que emergem da superfície. — Temos que nos esconder rápido, antes que eles venham atrás de nós.

Bruno o segue apressado, pisando meio inseguro nas pedras cobertas de limo, observando que o velho se dirige diretamente à queda-d´água.

A luz generosa da lua facilita muito as coisas, e logo o garoto percebe que estão chegando perto demais. Nuvens de vapor começam a molhar suas roupas e a deixar as pedras ainda mais escorregadias. O barulho da água é ensurdecedor, e ele não consegue que Nhô Jucá o ouça perguntar:

— Mas pra onde estamos indo?

O eremita continua sempre em frente, até que alcança a base do paredão de rocha por onde o rio despenca poderoso até atingir o nível do lago. Então ele afasta alguns arbustos e desaparece atrás da cachoeira.

O garoto hesita e olha para trás. Mesmo com toda aquela barulheira de água caindo, seus superouvidos captam passos que se aproximam correndo, por enquanto ao longe.

E aí entende que não tem outra saída: tem que se enfiar rapidinho ali, antes que o médico e sua assistente consigam avistá-lo.

○ ○ ○

À medida que seus superolhos vão rapidamente se acostumando à penumbra, Bruno se vê dentro de uma grande caverna, escavada na rocha pela erosão e oculta do mundo lá fora pela cortina de água da cachoeira.

E — graças ao brilho prateado da lua, que é em parte multiplicado pela espuma — acaba enxergando muito mais. Mas no início duvida do que está vendo: de um canto da gruta de pedra surge uma figura vaporosa e diáfana, que se aproxima deles com o mais luminoso dos sorrisos.

— Menina Luara, este é o Bruno — apresenta Nhô Jucá, com naturalidade.

O garoto está boquiaberto. Não se lembra de já ter visto, em toda a sua vida, uma moça tão linda quanto aquela. Pelo menos não na vida real. Mas aquela seria mesmo a vida real? Ou seria apenas mais um desses *videogames* hiper-realistas, com suas personagens mais que perfeitas?

Ao que o eremita completa:

— Bruno, esta é a menina Luara.

“Então essa é a tal bruxa...”, pensa o garoto, impressionado, achando o apelido muito injusto. “Ela é tão irreal que, se eu não soubesse que afinal não morreu, ia imaginar que estou em frente a uma aparição sobrenatural, tipo um anjo sem asas... embora não acredite em nada disso.”

— Tudo bem agora? — pergunta a moça, com uma voz incrivelmente cristalina. — Os silfos fizeram um bom trabalho, eu imagino.

Aquilo traz Bruno de volta ao planeta Terra. Silfos? A menina podia ser superbonita, mas não parecia lá muito equilibrada.

Nhô Jucá cai na gargalhada:

— Se fizeram! Uma rajada de vento produzida por eles derrubou uma colmeia de abelhas ferozes bem em cima daqueles dois. E justo na hora em que iam atirar em mim.

— Os silfos nunca decepcionam — sorri Luara, afastando da frente dos olhos cor de mel uma mecha dos longos cabelos ruivos. — Não é à toa que esses seres do ar são os mais elevados entre os elementais.

Ah, não... de novo aquele papo sem pé nem cabeça de elementais! Por mais que tentasse, o garoto jamais iria conseguir acreditar numa bobagem tão grande como aquela.

Gnomos descobrindo senhas, silfos provocando rajadas de vento? Quanta imaginação! Só se fosse em contos de fada, e daqueles para crianças bem pequenas. Mas nunca no século XXI, em plena era da tecnologia digital!

E aí ele tenta argumentar:

— Aquilo foi só um pé de vento, um fenômeno meteorológico bem comum, causado por certas diferenças de pressão, e...

Talvez por causa do barulho incessante da cachoeira, os outros dois nem parecem ter ouvido.

— Você tinha razão, menina Luara — diz Nhô Jucá, emendando outro assunto. — Como agora está provado, o tal doutorzinho estava mesmo aprontando.

— É — concorda ela —, e não era difícil prever, já que eu sei bem do que ele é capaz. Quando você disse que o viu chegar com um rapaz, imaginei logo que boa coisa ele não andava planejando.

Bruno se lembra da estranha sensação de sentir-se observado dentro do carro do médico, assim que chegou com ele da cidade.

— Então era você, naquele dia? — pergunta para o eremita.

— Eu mesmo. Vi vocês chegando e corri pra contar à menina Luara. Foi ela que me convenceu de que a gente precisava ajudar.

O garoto lança à moça um olhar agradecido; sabe que deve a ela possivelmente a própria vida.

— O importante é que você conseguiu fugir, pelo menos por enquanto — diz Luara, sorrindo como sempre.

É quando um reflexo mais intenso da lua corta subitamente as sombras da gruta, fazendo faiscar um pingente arroxeado que a garota traz no pescoço, preso a um delicado cordão de seda. Por um instante o brilho intenso e incomum do cristal chega a ofuscar até mesmo os superolhos de Bruno.

— Que pedra brilhante! — espanta-se ele, desviando o rosto do feixe de luz.

— É uma ametista muito especial — informa a bruxa. — Um cristal mágico que ajuda no crescimento espiritual e que tem o poder de purificar as energias negativas.

Ele acha engraçado:

— Sei. Só falta ter sido presente de um gnomo...

— Como adivinhou? — ri a menina, e o garoto fica sem saber se ela está mesmo falando a sério. — Esta ametista é meu amuleto de proteção, e por isso eu nunca me separo dela.

É o eremita que lembra a urgência da situação:

— A conversa está boa, mas temos que pensar depressa no que vamos fazer agora.

E se mostra bem preocupado:

— Não vai ser nada fácil. Aqueles dois não vão desistir assim.

Então Bruno o interrompe subitamente.

— Espere — pede ele, apurando os ouvidos para filtrar o som da queda-d´água. — Estou ouvindo alguma coisa muito estranha.

É quando percebem um movimento inesperado vindo do meio da vegetação lá fora. Inquietos, olham através da cachoeira e tomam um grande susto: está na cara que tem alguém ali por perto.

XXI. Crer para ver

A superaudição de Bruno capta as duas últimas vozes do mundo que ele gostaria de ouvir:

— É óbvio que estão escondidos nas redondezas — conclui o dr. Nereu. — As pegadas chegam até aqui!

— Mas acabam na marrgem do lago — observa *fraülein* Frida, falando de um jeito ainda mais esquisito que o normal.

— Será que pegaram um barco?

— Não acrredito. O rio continua muito encachoeirrado depois deste lago; não é possível descer este trrecho de barrco.

Verdade! Depois da relativa placidez do lago meio represado onde deságua aquela enorme queda-d´água, o rio ainda segue montanha abaixo muito acidentado e caudaloso, só se tornando um pouco mais navegável alguns quilômetros à frente.

O garoto aproxima o rosto da cachoeira e espia com seus superolhos através da cortina de água. Então vê o médico maléfico e sua assistente grandalhona examinando o chão e as pedras onde eles acabaram de pisar. O dr. Nereu está de novo com a arma na mão, e *fraülein* Frida traz a cara toda inchada: as abelhas devem tê-la acertado em cheio, deixando sua boca torta e seu sotaque ainda mais estranho.

— Não podemos permitir que fujam — vocifera o médico, meio desesperado. — Seria péssimo para nós, já pensou?

— Cerrtamente, doutorr. Irriam denunciarr as nossas experriências, e aí poderríamos terr sérrios prroblemas.

— Pois é. É por isso que precisamos pegar logo esse rapaz, seja vivo ou seja morto. E dar cabo do velho, também.

A alemãzona é obrigada a usar a lanterna para vasculhar a área em volta. A luz da lua ajuda cada vez menos, porque algumas nuvens escuras começam agora a encobrir o céu.

— Devem estarr escondidos aí pelo mato. Mas não podem terr ido muito longe.

— Vamos descobrir já, já!

Dizendo isso, o médico aponta a pistola ora para a floresta, ora para a cachoeira, e começa a atirar a esmo no escuro. Vários tiros acertam o paredão de rocha e alguns arbustos mais próximos. Pássaros noturnos saem voando em alvoroço, e pequenos animais fogem das tocas, apavorados. Ele recarrega a arma rapidamente e em seguida continua a atirar.

Lá na caverna, os três estão deitados no chão e muito assustados. Balas zunem perto de suas cabeças, e eles percebem que não podem continuar ali.

— Precisamos sair daqui — diz Luara, tentando desviar dos tiros. — Podemos pular no rio e fugir nadando!

— Vão vocês dois — propõe Nhô Jucá, ofegante. — Já corri demais por hoje, sei que não ia aguentar.

— Mas não podemos deixar você pra trás! — protesta a garota.

O eremita está decidido:

— Vai ser melhor pra todos nós. Não se preocupem

comigo; infelizmente é o rapaz que eles querem. Vou me virar muito bem... saiam logo!

Luara segura na mão do velho e olha em seus olhos com enorme carinho. As balas continuam a passar raspando. Sem alternativa, os jovens se despedem de Nhô Jucá e pulam na água.

— Olhe lá, doutorr! — o vozeirão de *fraülein* Frida reverbera pelo paredão de pedra. — Os dois estão escapando!

O dr. Nereu passa a mirar e disparar contra a superfície do lago, onde Bruno e Luara acabam de mergulhar.

E a noite agora está tão sombria, que tudo o que ele consegue enxergar são dois vultos humanos nadando na escuridão das águas. Nem imagina que Nhô Jucá ficou na caverna, e que quem está ali no rio com o garoto é ninguém menos que a "bruxa" que ele julga estar morta.

Bruno volta a si atordoado e com o corpo meio moído. Sente um pouco de frio, já que suas roupas estão encharcadas.

— Está melhor? — ouve a voz suave da bruxa e sente o coração estranhamente acelerado, ao perceber que está deitado no chão com a cabeça apoiada em seu colo.

— O que aconteceu? — pergunta ele, lembrando que pularam no lago e saíram nadando rio abaixo, perseguidos pelos tiros do dr. Nereu. — Parece que desmaiei... então foi você que me salvou?

— Se não fossem aquelas adoráveis ondinas, nós não estaríamos aqui. Elas nos puxaram para o fundo do rio no momento certo, para nos livrar das balas, e depois nos trouxeram de volta à superfície.

O garoto fica momentaneamente sem palavras. Mas acaba demonstrando sua impaciência com aquela conversa fora de hora:

— Vem cá, isso tudo é realmente muito engraçadinho... mas você não acha que agora não é o melhor momento para esse tipo de brincadeira?

E desafia:

— Onde, afinal, estão essas tais ondinas?

— É só olhar para o rio — diz Luara, aceitando o desafio. — Há muitas delas bem ali... preste atenção... vê aqueles leves brilhos de luz flutuando sobre a água?

Bruno ergue um pouco a cabeça e olha na direção em que ela aponta, mas só vê a correnteza que segue seu curso imutável, levantando turbilhões de espuma de encontro às pedras.

— Não estou vendo nada — ele duvida. — Nem mesmo com meus superolhos...

Ela não se abala:

— É que não adianta ter superolhos. É preciso crer para ver.

E vai se levantando devagar, estendendo a mão para que o garoto também fique de pé.

— Bom, já que está melhor, temos que sair logo daqui — encerra o assunto, meio chateada. — Vamos acompanhar a margem do rio para tentar chegar a Vale Azul, que é o povoado mais próximo.

Bruno começa a segui-la de perto e não entende por que se sente tão perturbado. Está certo que a menina é bonita demais, meiga demais, corajosa demais... mas tem ideias estranhas demais, e nunca ninguém mexeu tanto assim com ele.

É verdade que até hoje não teve nenhuma namorada, e nem tempo de pensar muito no assunto, ocupado como sempre esteve com seu computador e seus jogos. Mas também... as poucas garotas que conhece não costumam se interessar por *nerds* como ele. Além disso, nenhuma até hoje fez seu coração bater daquele jeito!

— Se tentaram te matar — pergunta, enquanto caminham lado a lado sob a enorme lua que novamente ilumina a floresta —, por que não fugiu? Por que continuou tão perto?

O luar agora reflete sua luz suave no cristal de ametista de Luara, tingindo de lilás a pele clara de seu rosto.

— Eu não podia abandonar assim aquele lugar. Foi lá que vivi com meus pais os anos mais felizes da minha vida; devo isso à memória deles. Não sei se entende... mas lá é a minha casa.

— É, acho que sei o quer dizer... embora eu nunca tenha tido uma casa que pudesse considerar realmente minha. Mas o que pretende, ficando escondida na mata?

— Tenho certeza de que em breve a verdade vai aparecer, e que aqueles dois vão ser descobertos. Sei que em pouco tempo vou voltar para o lugar que sempre foi meu.

Uma sombra de tristeza embaça o brilho de seus olhos por um rápido instante, mas ela logo volta a sorrir:

— Além do mais, tenho muitos amigos na floresta.

— Está falando de Nhô Jucá?

— Dele e de todos os espíritos da Natureza que vivem aqui.

"Que pena", pensa Bruno, reparando que ela fica ainda mais bonita assim, de cabelo molhado, "tão linda e tão fora do ar!". Uma garota que acredita em gnomos, duendes e amuletos mágicos definitivamente não tem nada mesmo a ver com ele!

Mas, apesar de ter toda essa certeza, e de estar numa situação tão perigosa como aquela, o garoto é invadido por uma sensação de bem-estar que nunca experimentou antes na vida.

Então respira fundo o ar fresco da noite, se dá conta dos milhares de estrelas que cintilam no céu, e se sente inexplicavelmente feliz, com uma súbita vontade de sair dançando por aí.

XXII . Batendo boca

Agora alcançaram o trecho do rio mais próximo à estrada de terra que Bruno percorreu no fatídico dia em que chegou ali. Talvez fosse uma boa ideia tentar uma carona, isso se aquela estradinha não fosse tão deserta, ainda mais assim, no meio da madrugada.

Então continuam seguindo a pé pela margem do rio, que vai ficando bem mais tranquilo à medida que se desce a montanha. Mas logo um barulho de motor, ainda bem distante, chama a atenção do garoto.

— Vem vindo um carro — avisa ele, em dúvida sobre se deve comemorar. — Acha que devemos nos esconder?

Luara acha que sim:

— É melhor não facilitar. Não sabemos quem vem aí.

Ela o puxa pela mão, e os dois se abaixam atrás de uma grande pedra, enquanto esperam que o automóvel se aproxime. O barulho de motor começa a ficar cada vez mais forte, até que eles percebem que o veículo parou, provavelmente a poucos metros dali. Bruno apura os superouvidos.

— Vamos vasculharr toda esta árrea antes de prrocurrar pelo rio — propõe a alemãzona, saltando do carro e batendo a porta com sua costumeira "delicadeza". — Se conseguirram não se afogarr, devem terr vindo parrarr porr aqui.

O médico e *fraülein* Frida largam o carro na estrada e se dirigem a pé até a margem do rio, carregando um pequeno bote inflável, que pousam no chão junto à beira da água. Está tudo muito silencioso; além do farfalhar da correnteza, só se ouvem o canto dos grilos e alguns raros pios de coruja.

Bruno e Luara se encolhem mais ainda em seu esconderijo, ficando tão juntos que ele pode escutar claramente as leves batidas do coração dela. A situação é bastante arriscada, e o garoto tem que admitir que está morrendo de medo. Então por que (apesar do frio na barriga) não consegue imaginar que possa haver, no mundo inteiro, um lugar melhor do que atrás daquela pedra?

De novo algumas nuvens cobrem parcialmente a lua, e o dr. Nereu tem que usar a lanterna para iluminar o caminho. Nesse meio-tempo a noite vai ficando mais e mais escura, já que uma grande tempestade começa a se formar com rapidez, ameaçando desabar a qualquer momento.

— Vem aí uma chuva daquelas — diz o médico, enquanto vasculha freneticamente entre as árvores, louco para pegar Bruno e Nhô Jucá de uma vez por todas.

Mas é *fraülein* Frida que segue a pista certa:

— Já olhou atrrás daquela pedrrona ali?

Ao ouvir aquilo, os garotos se abraçam, apavorados. E não têm tempo de fazer mais nada, porque um facho de lanterna atinge em cheio seus rostos surpresos. Mas mais surpreendido ainda fica o dr. Nereu:

— Então você não morreu? Bem que eu desconfiava!

A mulherona corre pesadamente até onde ele está e fica pasma ao ver Luara abraçada a Bruno:

— A brruxa está viva?!? Mas como é possível? Há muito tempo eu a vi afundarr no rio!

— Não se preocupe. Vou dar um jeito nisso agora mesmo — rosna o médico, apontando a arma na direção dos dois.

— Esperre! — grita *fraülein* Frida. — O melhorr é pegarrmos o rapaz vivo, parra poderrmos prrosseguirr com as experriências!

A luz brilhante de um relâmpago atravessa o céu de uma ponta a outra, seguida por ruidoso trovão.

— Largue ele! — ordena o sujeito, para a garota. — Prefiro que minha cobaia não se machuque, mas se eu não tiver outra escolha...

Uma chuva grossa começa a cair de repente. Luara tenta se desvencilhar de Bruno, mas ele se agarra firmemente a ela, sabendo que não pode soltá-la de jeito nenhum.

— Se quiser matar alguém, vai ter que matar nós dois — resolve o garoto, colocando o próprio corpo na frente da menina, e sem saber onde arranjou tanta coragem.

Tudo indica que é o fim da linha. O médico está tão cansado daquilo tudo e tão completamente furioso, que de fato parece disposto a atirar, mesmo com o risco de perder sua preciosa cobaia. Então engatilha o revólver e mira direto na cabeça deles.

Mas o impossível acontece.

No meio do denso aguaceiro que alaga tudo, um raio súbito corta o ar em zigue-zague e explode bem em cima da mão erguida do cara. A arma fumegante voa longe para dentro do rio, e o sujeito desaba no chão, enquanto *fraülein* Frida cambaleia, atordoada pelo impacto do choque e pela violência do estrondo.

— As poderosas salamandras! — comemora Luara, apertando com força entre os dedos seu luminoso talismã de ametista. — Eu sabia que elas não iam falhar!

o o o

Os dois jovens disparam montanha abaixo, sem nem parar para olhar para trás. Mas é complicado correr pelo chão enlameado, e ainda por cima tendo que afastar, com as próprias mãos, o emaranhado de galhos e cipós da mata fechada. Em alguns minutos estão completamente exaustos.

— Acho que podemos descansar um tempinho — sugere Bruno, ao reparar que Luara está começando a ficar pálida. — O que acha de sentar um pouco aqui?

A garota se acomoda no chão ao lado dele e recosta levemente em seu ombro. É quando Bruno tem a exata impressão de ouvir uma suave música de fundo, mas afasta da mente essa ideia maluca. Afinal, embora às vezes até possa parecer, aquilo ali não é um *videogame* de aventura com trilha sonora, e sim a dura e complicada vida real.

— Aqueles lá devem estar torrados a esta hora — comenta ele, agora com a certeza de que a tal música de fundo era apenas o assobio do vento. — Pelo menos o doutor Nereu, que deve ter morrido com aquele raio.

A menina já está mais corada:

— Não acredito. As salamandras não fariam isso. Nenhum elemental tem o poder de alterar de forma tão radical o que está escrito, e o momento da morte não pode ser antecipado.

Bruno suspira longamente, procurando não perder a paciência. O que nem é assim tão difícil, com aqueles cheirosos cabelos vermelhos espalhados por todo o seu peito:

— Vem cá, vamos falar sério uma vez na vida: não foi salamandra nenhuma que "fabricou" aquele raio; ele simplesmente caiu de uma nuvem saturada de energia. Aliás, eu nem sei direito o que vem a ser uma salamandra. Não é uma espécie de lagartixa?

Ela ri:

— Também. Mas não estou falando desse tipo de salamandra. Estou falando dos espíritos do fogo, que guardam os mistérios e segredos desse elemento da Natureza.

— Tá — insiste ele, sem acreditar que está tendo aquela conversa tão surreal —, mas você, por acaso, algum dia já viu alguma?

— Claro que sim, já vi muitas. E elas são lindas; têm a aparência de uma bola ou uma língua de fogo que corre inquieta pelos campos e florestas.

— Sei — agora é o garoto que encerra o assunto, chateado por ter que se levantar dali. — Acho que é melhor irmos andando. Mesmo eu apostando que aqueles dois estão fora de combate, não é uma boa ficar aqui de bobeira.

A chuva agora deu uma trégua, e de novo a lua desponta límpida no céu, derramando sua luz cor de prata sobre a terra molhada e fazendo cintilar como nunca o amuleto no pescoço de Luara. Eles vão caminhando e conversando:

— Você não é obrigado a acreditar nos seres elementais — admite a menina, contrariada —, mas sem eles você não teria conseguido escapar.

Bruno nem responde. Já está ficando cansado daquele papo esdrúxulo. Mas ela continua:

— E sabe por quê? Foram os gnomos que conseguiram a senha de entrada do laboratório. Foram os silfos que derrubaram a colmeia da árvore. Foram as ondinas que nos salvaram dos tiros e nos tiraram do rio. E foram as salamandras que mandaram aquele raio.

Ele interrompe com um riso irônico, sem conseguir mais conter a irritação:

— Você deve estar me achando com cara de bobo...

A garota não liga:

— E tem mais: já reparou que, durante toda a nossa fuga, a lua apareceu e desapareceu atrás das nuvens nas horas exatas para nos ajudar? E que o vento e a chuva surgiram nos momentos certos? Ou você acha que foi tudo simples coincidência?

— Isso mesmo — resmunga Bruno, claramente zangado. — Invenção de quem não tem nada melhor pra fazer do que ficar imaginando essas histórias malucas.

— Computadores e *videogames* podem até ser interessantes, mas não são tudo o que existe no mundo — devolve Luara, num tom de crítica. — E ia ser bom pra você descobrir isso um dia.

Um clima esquisito fica pairando entre eles. Mal se conhecem e já estão tendo a primeira briga!

Mas são obrigados a parar de discutir.

É que estavam tão ocupados em bater boca, que nem notaram o perigo inacreditável que vinha do rio: o dr. Nereu e *fraülein* Frida acabam de saltar de um barquinho inflável e partem enfurecidos para cima dos dois.

XXIII. Pelos ares

E os jovens são pegos de surpresa. O médico agarra Luara de um salto e encosta uma faca em seu pescoço, quase arrebentando o frágil cordãozinho de seda que prende o pingente de ametista. A situação está feia, mas pelo menos agora eles já não têm mais o revólver.

— Se tentar alguma coisa, a bruxa morre — avisa o dr. Nereu para Bruno, segurando a faca com firmeza contra a pele delicada da menina, apesar da mão bastante chamuscada pelo raio.

E vira-se para *fraülein* Frida:

— Temos que subir o rio de barco, até o local onde está o carro.

Ela não entende como:

— Mas subirr o rio não é tão fácil quanto descerr. Como vamos segurrarr os dois e ainda remarr contrra a corrente?

— Eu seguro a bruxa e sei que o rapaz não vai se fazer de besta. E você rema, é claro. Afinal, não estamos longe, e o rio aqui já é bem mais calmo; tenho certeza de que não vai ser tão difícil assim.

Meio sem alternativa, ela acaba concordando, e então todos entram no bote, que é pequeno demais para tanta gente. O garoto obedece às ordens do médico sem pestanejar, aflito com a possibilidade de que Luara possa sair ferida.

E aí a alemãzona desata a remar e remar, fazendo um esforço tremendo.

No início, parece até que não vão sair do lugar, mas afinal as remadas vigorosas da mulher começam a mover o barco vagarosamente correnteza acima, e eles seguem sacolejando, com certa dificuldade de se manterem em cima do bote.

Bruno e Luara não trocam uma palavra. Mas trocam olhares, e ele não vê nenhum medo nos olhos cor de mel da garota. Pelo contrário — e por incrível que pareça (para quem tem uma faca quase rasgando a própria garganta) —, ela demonstra nos olhos uma surpreendente tranquilidade.

O garoto então repara no pingente de cristal em seu pescoço, que brilha muito mais que a lâmina polida da faca, e lembra que ela disse um dia que aquele era seu "amuleto de proteção". Mesmo não acreditando em nada disso, fica torcendo para que um milagre aconteça.

E, coincidência ou não, mal eles percorreram um pequeno trecho, e tudo parece perdido, uma coisa inesperada interrompe a viagem.

Repentinamente um ronco cada vez mais alto começa a ser ouvido, vindo da direção da nascente do rio, lá do alto da montanha. O barulho vai ficando rapidamente mais e mais forte, até que surge sobre o leito do rio um paredão de água avassalador, como uma imensa pororoca, que vem carregando tudo em sua passagem.

— Uma cabeça-d´água! — exclama Luara.

E ninguém tem como evitar o choque. A enorme onda, que desce trazendo troncos e pedras, atinge o pequeno bote com grande brutalidade, arremessando os atônitos passageiros pelos ares, como uma esquisita revoada de marionetes desengonçadas.

ooo

Bruno desperta num lugar que não conhece. Abre os superolhos devagar, ainda muito perturbado e sonolento. Mas aos poucos vai entendendo que está numa enferrujada cama de hospital, dentro de uma enfermaria de paredes descascadas e com manchas de infiltração por todo o teto.

Há outros adolescentes em outros leitos, porém ele não reconhece ninguém. Já começa a ficar agitado e inquieto, quando uma mulher de jaleco branco e ar simpático chega perto e começa a puxar conversa:

— Que bom que acordou — diz ela, docemente. — Sou a doutora Ana. Você está no nosso pequeno hospital de Vale Azul, e vai ficar tudo bem agora. Como se sente?

Um alívio indescritível toma conta do garoto.

Então, quer dizer que o pesadelo acabou? Que afinal conseguiu escapar do dr. Nereu e de sua gigantesca auxiliar? Que não vão mais abrir sua cabeça para enfiar um *chip* em seu cérebro?

A memória continua voltando aos poucos: quer dizer que não morreu na *tsunami* do rio? Que sobreviveu àquele terrível acidente com o bote? Que finalmente vai poder voltar para casa?

Começa a ficar contente e agradecido, mas de repente seu coração gela de angústia: meu Deus do céu, onde estará Luara?

— Talvez você possa explicar melhor o que foi que aconteceu — pede a médica, com delicadeza. — Sabemos apenas que uma cabeça-d´água atingiu o barco... mas felizmente os dois passageiros se salvaram.

— Os dois passageiros? — murmura Bruno, com medo da resposta.

— Você teve muita sorte, já que não sofreu fraturas, e vai poder ir logo embora. Mas o senhor que foi resgatado com você vai ter que ficar internado mais tempo.

Ele acha que não ouviu direito, que sua superaudição deve ter sido afetada pelo choque. Como assim, dois passageiros?

Isso quer dizer que *fraülein* Frida não foi encontrada, e na verdade ele não está nem um pouco preocupado com a mulherona. Mas uma ideia fixa não para de martelar seu pensamento: "Meu Deus do céu, onde estará Luara?".

Até que afinal arranja coragem para perguntar:

— Mas... e o que houve com a garota?

A médica se surpreende:

— Garota? Que garota? Não encontramos mais ninguém na área do rio.

— MAS HAVIA UMA GAROTA COM A GENTE! — ele grita, em pânico só de imaginar que alguma coisa ruim pode ter acontecido com Luara.

A dra. Ana tenta acalmá-lo:

— Vou avisar isso ao pessoal do resgate. Mas, por favor, não se desespere assim: também não foi achado nenhum corpo. Prometo que faremos tudo o que for possível para encontrar sua amiga.

XXIV. De novo no inferno

Nunca na vida Bruno se lembra de ter se sentido tão mal.

Nem quando seu pai e sua mãe se separaram, nem quando se xingaram na frente do juiz sem dar a mínima bola para sua presença, nem quando se acusaram das piores coisas e praticamente se atracaram numa discussão por causa de dinheiro.

E mesmo depois — quando virou uma batata quente que um vivia jogando para o outro e passou a ser um hóspede nas suas duas casas, ou quando perdeu aquela final do campeonato para o cara do carro preto, ou ainda quando ficou dias a fio preso naquele porão horroroso —, ele nunca sofreu tanto como está sofrendo agora, sem saber se um dia vai ver Luara de novo.

— Você tem visita! — anuncia animadamente a dra. Ana, tentando resgatá-lo da tristeza em que se enfiou há horas, desde a descoberta de que a garota desapareceu.

Ele olha com os olhos vazios em direção à porta da enfermaria, e vê sua mãe e o Armando, seu pai e a Lúcia, os quatro chegando juntos (que milagre!) e com a mesma cara de aborrecida preocupação.

— Por que não avisou que ia viajar? — é a primeira pergunta que a mãe faz, assim que chega perto da sua cama.

— Podia ao menos ter dado alguma notícia — reclama o pai, atropelando a fala da mãe.

— Eu bem que falei que tinha namoro na jogada — intromete-se a Lucia, como sempre se achando muito esperta.

E é claro que o Armando não podia ficar de fora:

— Realmente, meu rapaz, não tinha necessidade nenhuma de ter sumido assim.

— Se queria ficar uns dias com a sua namorada — o pai está obviamente contrariado por ter que concordar com o padrasto —, a gente ia achar muito normal, não precisava fugir. Era só ter avisado, telefonado, sei lá...

Bruno não está entendendo nada. Que história é essa de namoro, de fuga, de passar uns dias com uma garota? A mãe continua:

— E também não precisa ficar tão sem graça, que a gente já está sabendo de tudo.

— Tudo o quê? — finalmente ele arranja forças para perguntar.

— O tutor da menina... aliás, que médico educado esse seu sogro — a mãe parece mesmo encantada —, coitado, quebrou um bocado de ossos, mas nos explicou que você foi passar uns dias na casa dele, com a sua namoradinha, e que estavam passeando de barco quando aconteceu aquele acidente horrível...

Os quatro fazem umas caras comovidas, e a mãe completa, muito compungida:

— E... que horror! Ele está realmente desolado... já que até agora não acharam o corpo da coitadinha!

Apesar de estar no fundo de um abismo bem pior do que aquele do *videogame* infernal, Bruno entende na hora que o diabólico dr. Nereu inventou aquela historinha romântica para tentar livrar a própria cara.

Tem até um pouco de vontade de protestar, de desmentir tudo, de denunciar agora mesmo o sujeito e a alemãzona, mas a voz não sai. Na verdade, percebe que não está se importando com mais nada, e então vira para o lado e finge que vai dormir.

É quando o pai avisa:

— Bom, a médica disse que você vai estar de alta amanhã. Vou assinar uns papéis que eles pediram, e amanhã cedo sua mãe vem buscar você pra levar pra casa.

— Não foi *isso* que a gente combinou — contradiz a mãe, indignada. — Não posso ficar todo dia faltando ao trabalho, e alguém vai ter que ficar em casa cuidando dele. Você não falou que a Lucia está de férias?

O pai nem tem tempo de responder.

— Minhas férias estão quase no fim, e além disso... — vai logo defendendo-se a Lucia, enquanto os quatro vão saindo e discutindo alto, sem nem parecer que estão num hospital.

— Você hoje está cheio de visitas! — Bruno ouve a médica anunciar como se estivesse a quilômetros de distância, apesar dos seus superouvidos.

Então tira o travesseiro da cara e abre os superolhos devagar, nem um pouco interessado em ver mais alguém da família. Mas quem está ali é Nhô Jucá.

— Eu... eu sinto tanto! — lamenta ele, parecendo ainda mais velho. — Vim a Vale Azul tentar saber notícias de vocês, e me contaram do acidente com o barco.

Bruno não fala nada.

— Disseram que a menina Luara morreu no rio, mas eu não acredito. Os espíritos da floresta nunca iam permitir tamanha injustiça.

O garoto continua calado, olhando fixamente para uma mancha preta no teto. "Espíritos da floresta!", pensa ele, com enorme desgosto. "Como eu queria que realmente existissem!"

— A culpa de tudo é daquele homem... — queixa-se o velho, inconformado. — E pensar que nada vai acontecer com ele!

Ao ouvir isso, o garoto sai de repente daquele torpor:

— Como, não vai acontecer nada? É claro que vai! Eu vou denunciar os dois, e você vai ser testemunha! Não interessa a mentira que eles andaram inventando!

Mas Nhô Jucá não está tão confiante.

— O menino não sabe como são essas coisas. O homem é importante, tem amigos na política, em quem você acha que eles vão acreditar? — O eremita fica cada vez mais triste. — Para essa gente toda, eu sou apenas um poeta fracassado, sem eira nem beira, e você é só mais um garoto sem juízo que fugiu de casa pra ficar com a namorada...

Bruno começa a se preocupar. E o velho ainda acrescenta:

— Além do mais, ele é alto funcionário de uma importante firma estrangeira. Percebe? Não temos provas de quase nada. É a nossa palavra contra a dele!

XXV. Hora de ir embora

Antes do que imaginava — mais exatamente no dia seguinte — o garoto acaba constatando que Nhô Jucá estava coberto de razão.

Ao contrário do que o pai tinha dito, a mãe não aparece no hospital de manhã cedo para buscá-lo. Só acaba aparecendo perto do meio-dia, e já chega avisando que ele vai ter que ficar em casa sozinho, mesmo nesses primeiros dias:

— Aquelazinha — era assim que ela sempre se referia a Lucia — inventou que foi convocada pelo chefe antes mesmo de as férias dela terminarem. Isso só para não ficar com você. Seu pai está pensando que eu sou idiota.

— Eu já estou legal — ele avisa. — Posso muito bem me virar sem ajuda.

Mas ela não para de matraquear, bem irritada:

— Sobra tudo pra mim, até ficar dirigindo assim, pra cima e pra baixo por essas estradas enlameadas — reclama. — É melhor a gente tratar de andar logo, que ainda tem muito chão pela frente.

Mesmo com todo aquele papo de pressa, Bruno se recusa terminantemente a deixar a cidadezinha antes de ir falar com a polícia. A mãe acha que é besteira, pura perda de tempo ("todo mundo sabe que foi uma fatalidade terrível", ela argumenta, "e além disso eu vou acabar me atrasando"), porém ele insiste tanto que acabam indo até a delegacia de Vale Azul.

E lá, a sós com o delegado, o garoto despeja um resumo de toda a história. Conta sobre as experiências clandestinas com os *chips*, o laboratório no meio da floresta, o jogo infernal, a perseguição pela mata, e até sobre o começo de tudo, o dia em que o doutorzinho sinistro pagou os prejuízos da *lan house*.

Quando termina, o policial está olhando para ele com cara de infinita impaciência e ar de descrédito absoluto:

— Sei, meu filho, tudo bem. Vamos investigar, quando der.

— Nem ao menos vão mandar me examinar? — insiste Bruno, ao perceber que o sujeito só quer se livrar dele. — Se fizerem um exame, vão encontrar os tais *chips* de que eu estou falando...

— A gente vê isso depois — descarta o delegado, fazendo um gesto na direção da porta.

Mas o garoto não pretende desistir tão fácil:

— Já sei! Vocês podem dar uma batida lá na casa da montanha, que vão encontrar todas as provas: o laboratório, os equipamentos das experiências, e tudo o mais. E vão ver que eu estou dizendo a verdade.

— Não se preocupe com isso, tá certo? Deixe comigo, que do meu trabalho entendo eu — encerra o policial, sem esconder o mau humor. — E agora é melhor ir pra casa descansar, que avisamos assim que aparecer qualquer novidade sobre a sua namoradinha.

Não é preciso ser muito esperto para ver que ele não se convenceu nem um pouco. Então Bruno lembra do que disse Nhô Jucá e vai saindo da sala bem desanimado, mas ainda a tempo de ouvir um último comentário:

— Essa garotada não pensa duas vezes antes de fugir de casa quando dá na telha... e depois fica inventando cada coisa absurda pra escapar de um castigo!

◦ ◦ ◦

— Entre logo e vamos embora! — reclama a mãe, apressadíssima, abrindo a porta do carro estacionado bem em frente à delegacia. — Ainda tenho que aparecer no trabalho hoje, se não quiser ter problemas.

O garoto já está colocando o cinto de segurança quando percebe que alguém se aproxima a cavalo, correndo a toda velocidade e levantando poeira pela rua esburacada. E, mesmo ainda de longe, dá para ele reconhecer Nhô Jucá.

— Espere um pouco — pede à mãe, saltando depressa do carro e acenando freneticamente para o velho. — Tenho que falar com um amigo meu.

Ela protesta, muito zangada:

— Nada disso, mocinho! Trate de entrar aí, que você já me atrasou demais!

Mas o eremita corre para junto a eles e desce esbaforido do cavalo.

— Menino Bruno, veja só o que eu encontrei! — ele mal consegue falar, de tão ofegante que está, mas enfia a mão no bolso e puxa uma coisa cintilante, que faísca incrivelmente ao ser exposta ao sol a pino.

— O talismã de Luara! — surpreende-se o garoto, ao se ofuscar com o brilho arroxeado da pedra. — Onde achou isso?

— No chão, bem perto da casa.

Bruno não consegue entender:

— Como é que pode? O acidente foi a vários quilômetros rio abaixo! Como é que o amuleto pode ter ido parar lá em cima?

Uma esperança meio maluca começa a passar pela cabeça do garoto. Se o cristal foi achado próximo à casa no alto da montanha, e obviamente não foi levado pelas águas do rio, não é impossível que a própria Luara o tenha perdido por lá.

E mais: isso só pode ter acontecido depois do acidente com a cabeça-d´água, uma vez que ele se lembra perfeitamente de que a ametista estava com a menina quando o dr. Nereu encostou a faca em seu pescoço.

— Me dá uma carona até lá? — pede ele ao velho, de repente, sem nem esperar resposta.

Exasperada, a mãe o vê subindo ligeiro na garupa de Nhô Jucá e tenta inutilmente impedir:

— Tá maluco, menino? — Ela agora está quase histérica e procura puxá-lo pelas pernas. — Desça daí agora mesmo! Você sabe que eu tenho hora!

Já com o cavalo em disparada, ele vai se desculpando aos gritos:

— É um caso de urgência, mãe, tenho mesmo que ir! Mas não precisa me esperar, se não quiser!

XXVI. Fogo e Água

— Você acha que ela pode estar viva? — Bruno pergunta ansioso a Nhô Jucá, enquanto o cavalo sobe a montanha em rápido galope.

— Nunca acreditei que tivesse morrido — responde o velho, muito tranquilo, e repetindo a mesma coisa de sempre. — Ela tem a proteção dos espíritos da floresta.

O garoto pensa em dizer alguma coisa, mas acaba ficando quieto. Não acha que é a melhor hora para ficar discutindo aquela asneira de seres elementais e amuletos mágicos.

Ele imagina que a ametista de Luara (que agora está cuidadosamente guardada em seu bolso) pode, sim, ser uma pista sobre ela, mas nada mais do que isso. E tem certeza de que os tais "espíritos da floresta" até podem existir em *videogames* fantásticos ou na imaginação das pessoas mais impressionáveis, mas não combinam com a vida real.

Nhô Jucá freia o cavalo e eles saltam apressados, caminhando até o local onde o talismã foi encontrado.

— Estava bem aqui — mostra o velho, assim que chegam perto da casa.

Então, os dois vasculham toda a área do terreno em volta, em busca de outros vestígios. Até que Bruno chama a atenção para uma coisa que ainda não haviam notado:

— Olhe só, Nhô Jucá! A tampa do alçapão está aberta!

Os dois se entreolham, pensando a mesma coisa: "Quem sabe Luara não está lá embaixo?". E, praticamente ao mesmo tempo, resolvem descer para olhar mais de perto.

Mas o laboratório está vazio, e nada parece ter mudado ali desde que o velho poeta libertou o garoto, dois dias atrás. Não há ninguém em lugar nenhum; até o quarto em que Bruno ficou prisioneiro está silencioso e deserto.

E esse silêncio só é quebrado por um barulho esquisito que os seus superouvidos captam de repente. Parecem passos, e ele avisa a Nhô Jucá. Preocupados, mas esperançosos de que seja a menina, eles se aproximam da escada para ver quem é e tomam o maior susto ao ouvir o vozeirão poderoso que ecoa lá fora:

— Atirrei no que vi e acerrtei no que não vi! — exclama a voz inconfundível de *fraülein* Frida, seguida pelo barulho da tampa do alçapão sendo bruscamente batida. — E vou matarr dois coelhos com uma cajadada só!

Ela continua a falar, sabendo perfeitamente que Bruno — mesmo lá de dentro e com a tampa do alçapão fechada — pode ouvir muito bem:

— Consegui escapar inteirra daquele acidente, e vim aqui parra destrruirr as prrovas. Parra incendiarr a casa e o laborratórrio... Mas nunca imaginei que ia serr muito melhorr: que eu ia terr o prrazerr de torrar vocês dois juntos!

— Ela vai botar fogo em tudo — repete o garoto para Nhô Jucá, de olhos arregalados.

— E não tem jeito de a gente escapar? Eu sei a senha de abertura do alçapão!

— Mas, quando a porta é travada por fora, mesmo tendo a senha não é possível abrir por dentro — lembra Bruno.

— Então, quer dizer que estamos presos?

— Pior que sim. Acho que, desta vez, a gente se enrolou de verdade!

— E tem mais! — grita a alemãzona, em meio a uma risada maléfica. — A brruxa também vai serr queimada nessa fogueirra... Querrem fim mais perrfeito parra uma brruxa?

— Meu Deus! — desespera-se o garoto, ao compreender que ela está com Luara nas mãos. — Nós temos que conseguir sair daqui!

E aí sua superaudição começa a perceber os inquietantes movimentos de *fraülein* Frida.

Ela rapidamente junta gravetos e vegetação seca, derrama algum líquido por todo lado, e de repente risca um fósforo. Um estrondo abafado indica que o fogo começou, e logo o crepitar incessante mostra que tudo em volta já está ardendo em chamas.

Um calor insuportável começa a se espalhar por todo o porão.

Bruno se sente exatamente como naquele *videogame* infernal, ele e seu mestre cercados por labaredas de fogo, com diabos conspirando para derrotá-los de vez. E ele precisa vencer de novo, já que agora — mais do que nunca — é mesmo uma questão de vida ou morte.

— Vamos forçar a porta! — propõe Nhô Jucá.

Os dois sobem correndo as escadas e procuram arrombar a entrada do alçapão, usando tudo o que encontram pela frente.

— Não adianta — lamenta Bruno, tentando desesperadamente. — Essa droga só abre por fora, e ainda assim é preciso digitar a senha!

Depois de algum tempo de tentativas inúteis, o velho e o garoto descem escada abaixo de volta ao laboratório, com a certeza de que o fim está próximo.

O calor aumenta cada vez mais, uma fumaça preta começa a entrar pelo respiradouro do quarto e tudo parece perdido, quando um estalido inesperado reaviva as últimas esperanças.

Bruno quase não consegue acreditar:

— Alguém abriu o alçapão!

— Só podem ter sido os gnomos! — festeja Nhô Jucá, enquanto os dois correm sufocados em direção à saída, já completamente encharcados de suor.

O ar do lado de fora está praticamente irrespirável, e não há ninguém ali por perto. As chamas tomam conta de tudo e já lambem as paredes dos fundos da casa com impetuoso furor. O velho e o garoto conseguem sair do porão, mas agora não têm como atravessar a cortina de fogo que os impede de seguir em frente.

É quando uma outra coisa estranhíssima de repente os surpreende. Em meio ao dia claro, uma pequena nuvem escura e carregada se forma no céu bem em cima de onde eles estão, e uma chuva torrencial e localizada começa a abrir caminho entre as labaredas.

Abençoadas ondinas! — agradece o velho, sem ligar para o absoluto espanto do garoto, que não consegue entender como aquilo pode ser possível.

O incêndio continua a se espalhar, mas eles conseguem correr para longe do fogo, até chegarem, quase sem fôlego, à clareira na frente da casa. Nhô Jucá está triunfante:

— Acredita agora no poder dos espíritos da floresta?

Bruno não quer dar o braço a torcer. Afinal, tem certeza de que há uma explicação lógica para aquele espantoso fenômeno meteorológico a que acaba de assistir:

— Tá certo que foi uma coisa curiosa. Mas não dá pra pensar nisso agora: temos que correr para resgatar Luara!

XXVII. Zerando o jogo

O incêndio, agora, já envolve quase toda a casa. Enormes labaredas sobem pelas paredes externas, e os dois ficam ali, assistindo a tudo, sem nem saber por onde começam a procurar.

É quando *fraülein* Frida aparece do nada, ostentando um olhar alucinado, e quase engasgando de tanto gargalhar:

— Ah, vocês escaparram? Mas querro só verr quem vai entrrarr aí parra salvarr a brruxa!

— Então Luara está dentro da casa! — entende Bruno, à beira do pânico.

E Nhô Jucá até tenta impedir, mas não dá tempo.

Sem esperar pela ajuda nem de seres elementais nem de ninguém mais, o garoto sai correndo sem hesitar, atravessa a barreira de fogo, e, em instantes, está dentro da casa, passando como um foguete pelos destroços calcinados da porta da frente.

E lá tem que contar com a ajuda dos superolhos para ver através da fumaça cinzenta que invade tudo, enquanto faz malabarismos para escapar das chamas e aguentar firme o calor insuportável.

Mas logo consegue enxergar um vulto delicado caído no chão: é Luara, e ela está inconsciente!

Rapidamente afasta a pontapés uns pedaços de móveis em brasa e reúne as últimas forças para erguer a garota do chão, tentando tirá-la dali. É quando o incêndio ganha inesperada força, e o fogo se espalha ainda mais.

Procurando arranjar uma rota de escape em meio à fumaça e às chamas, o garoto ouve sirenes ao longe e também o barulho de um helicóptero que se aproxima em sobrevoo. Imagina que alguém deve ter conseguido pedir socorro, mas que talvez seja muito tarde para os dois.

No entanto, não tem mesmo outra escolha: o único jeito é tentar atravessar aquele inferno, arriscando todas as suas fichas.

Então ajeita melhor a garota desmaiada nos braços, procurando protegê-la com sua camisa, toma fôlego em meio ao ar totalmente enfumaçado e se precipita em direção à saída, quase sem acreditar que é ele mesmo que está fazendo aquilo tudo.

— Parece impossível que você não tenha se queimado toda — admira-se Bruno, sentado numa pedra à beira do lago, com os pés mergulhados na água transparente.

— As salamandras, que são as senhoras do fogo, jamais iriam deixar que eu me ferisse — responde Luara, sentando ao lado dele na mesma pedra, com sua ametista faiscando como nunca.

Ele acha engraçado. Quer dizer que foram as salamandras?

Foi Nhô Jucá que foi avisá-lo de que tinha encontrado o amuleto perto da casa, foi sua mãe que chamou a polícia e os bombeiros depois de ter ido atrás dele de carro montanha acima, foi ele que entrou no meio do incêndio e arriscou tudo para tirar a garota das chamas... e ela diz que foram as salamandras?

— É claro que você também foi demais! — admite Luara, com um sorriso maroto, aninhando a cabeça em seu ombro. — Mas os espíritos da floresta ajudaram um bocado.

Bruno não quer interromper um momento tão especial e já entendeu que o melhor é deixar aquele assunto pra lá. O dia está lindo, o barulho da cachoeira cria o maior clima, e os dois estão ali, tão juntinhos que parecem um só, cheios de planos para o que ainda vão viver.

Como num *videogame* fantástico, depois do inferno alcançaram o céu.

Porque tudo acabou bem no fim desse jogo meio esotérico e meio *high-tech*: o dr. Nereu e *fraülein* Frida foram presos pelo contrabando dos equipamentos do laboratório, Nhô Jucá foi nomeado o novo tutor de Luara, e a Tech Medical Research Corporation está tendo que pagar por todos os estragos do incêndio que a alemãzona provocou na casa.

E o resto todo é detalhe.

O *supernerd* Bruno vai continuar sendo um garoto que adora tecnologia e jogos *on line*, e a bruxa Luara, uma garota que acredita em seres elementais e talismãs de proteção... mas os dois já estão descobrindo que não precisam brigar por causa disso.

Pois, como diria o velho poeta:

Discordar não é problema
Pensar diferente é normal
E toda história vale a pena
Se tem amor no final.

A autora

Arquivo Pessoal

Laura Bergallo

Sou a escritora Laura Bergallo e tenho vários livros juvenis publicados.

Já ganhei prêmios importantes como o Jabuti, e acredito que a melhor maneira de atrair o interesse da garotada para a literatura é escrever sobre temas que ela curta. Por isso, costumo falar de assuntos contemporâneos, como *videogames* e computadores, e sempre procuro construir aventuras movimentadas e cheias de suspense.

Adorei escrever *Supernerd — A saga dantesca*. O tema não poderia ser mais divertido: um fantástico *videogame* inspirado no "Inferno", de Dante Alighieri, inserido numa história de opostos que se atraem e se harmonizam, tendo como pano de fundo uma aventura com toques de romance e ficção científica.

Uma curiosidade: em fevereiro de 2009, quando o livro já estava escrito há algum tempo, a multinacional de *games* Electronic Arts anunciou ao mundo o próximo lançamento de seu *videogame* : "Dante's Inferno" (veja em www.dantesinferno.com). Ou seja: a vida imita a arte.

Tive a ideia de escrever este livro em janeiro de 2008, quando me dei conta de que o poema épico do napolitano Dante Alighieri, embora escrito no século XIV, tem uma estrutura incrivelmente semelhante à dos *videogames* modernos. Parece que não fui só eu...